Ninguém me entende nessa casa!

Crônicas e casos

Leo Cunha

Ninguém me entende nessa casa!

Crônicas e casos

Ilustrações **Rogério Soud**

1ª edição

Copyright © Leo Cunha, 2011
Todos os direitos reservados à
EDITORA FTD S.A.
Matriz: Rua Rui Barbosa, 156 - Bela Vista - São Paulo - SP
CEP 01326-010 Tel. (0-XX-11) 3598-6000
Caixa Postal 65149 - CEP da Caixa Postal 01390-970
Internet: www.ftd.com.br
E-mail: projetos@ftd.com.br

Diretora editorial / *Silmara Sapiense Vespasiano*
Editora / *Ceciliany Alves*
Editora assistente / *Myriam Chinalli*
Assistentes de produção / *Ana Paula Iazzetto e Lilia Pires*
Assistentes editoriais / *Ândria Cristina de Oliveira e Tássia Regiane Silvestre de Oliveira*
Preparadora / *Elvira Rocha*
Revisora / *Regina C. Barrozo*
Coordenador de produção editorial / *Caio Leandro Rios*
Projeto gráfico, diagramação e editoração eletrônica / *A+ comunicação*
Ilustrações / *Rogério Soud*
Gerente de produção gráfica / *Reginaldo Soares Damasceno*

Leo Cunha é jornalista, escritor, tradutor
e professor universitário.

Dados Internacionais de Catalogação na Publicação (CIP)
(Câmara Brasileira do Livro, SP, Brasil)

Cunha, Leo
　　　Ninguém me entende nessa casa! : crônicas e casos / Leo Cunha ; ilustrações Rogério Soud. –
1. ed. – São Paulo : FTD, 2011.

　　　ISBN 978-85-322-7996-5

　　　1. Crônicas - Literatura juvenil I. Soud, Rogério. II. Título.

11-08183　　　　　　　　　　　　　　CDD-028.5

Índices para catálogo sistemático:
1. Crônicas : Literatura juvenil 028.5

A - 881.886/24

De crônicas e títulos

    Você sabia que o Carlos Drummond de Andrade, além de grande poeta, foi um dos melhores cronistas brasileiros? Eu adoro o título de um dos seus livros de crônica: De notícias e não notícias faz-se a crônica. *O Drummond disse tudo em uma única frase!*

    Para escrever uma crônica, a gente pode buscar as ideias, a tal da inspiração, nas notícias, ou seja, nos acontecimentos que os jornalistas acham importantes e levam para o público, pela imprensa escrita, falada, televisada e, agora, "internetada".

    Mas, como sugere o Drummond, a crônica também pode nascer de uma "não notícia". E o que serão as não notícias? Na minha opinião, são essas coisas à toa que acontecem com a gente e o mundo não fica sabendo, porque nunca iriam parar num jornal. Conversas, casos, acasos, cenas cotidianas, corriqueiras, até banais, mas que podem revelar muito sobre nós e sobre o mundo à nossa volta. Como definiu o Verissimo em outro título genial: essas "comédias da vida privada".

    Comédias? Bem, as crônicas não precisam ser engraçadas, como as de um Verissimo, um Mario Prata, um Carlos Eduardo Novaes. Podem ser intimistas, emotivas, reflexivas, como as do Rubem Braga ou da Clarice Lispector. Mas, seja num texto alegre ou triste, o cronista tende a olhar de forma atenta e leve para a vida cotidiana. E descobre que ali se escondem muitas graças, delícias e aflições.

Neste livro, eu reuni 26 crônicas que mergulham num universo muito íntimo e aconchegante, mas também recheado de histórias curiosas: a família, os amigos mais próximos, as lembranças novas e antigas. Algumas crônicas podem até parecer mentira, mas eu juro de pé junto que é tudo verdade. São histórias que realmente aconteceram comigo, com meus pais, minha mulher e meus filhos. Fora um pouquinho de exagero, é claro, porque ninguém é de ferro... Afinal de contas, a crônica está quase sempre neste campo minado entre o real e o imaginário, entre a verdade e a ficção, entre a lembrança e a invenção.

Quero terminar dizendo que, quando estou escrevendo um livro, uma das partes de que eu mais gosto é a escolha do título. Um bom título precisa despertar a curiosidade do leitor e dar aquela vontade de ler a obra. Como este livro aqui conta vários casos de família, eu escolhi como título essa frase que todos nós falamos muitas vezes na vida: "ninguém me entende nessa casa!". Quem é que nunca se sentiu assim?

Espero que você se divirta com estas crônicas.

Um grande abraço,

Leo Cunha

Memórias de um fusca / 8
Meu primeiro *show* de *rock* / 12
O astrólogo Leo Cunha avisa... / 18
Jogo de viagem / 24
O último trago / 28
O povo contra Iuri Katchenko / 32
Mãinha não entendeu nada... / 36
Navegar é preciso, mas nem tanto! / 40
João, Chico e Sérgio / 44
Slides / 48
O mundo de Arapa / 52
Amor sem palavras, cinema mudo... / 58
O livro do meu avô / 62
A máquina da minha avó / 66
Aos meus filhos, que ainda vão nascer / 70
As aflições de um pai intelectual / 74
Caso perdido / 78
Afogando em letras / 82
Os sem-filho / 86
Teorema / 90
Tudo parado! / 96
Um bom nome / 100
Raios! Raios duplos! / 104
Cheio de dedos / 108
Sylvia viaja e não sai de nossa casa... / 112
Escrever é uma aventura? /116

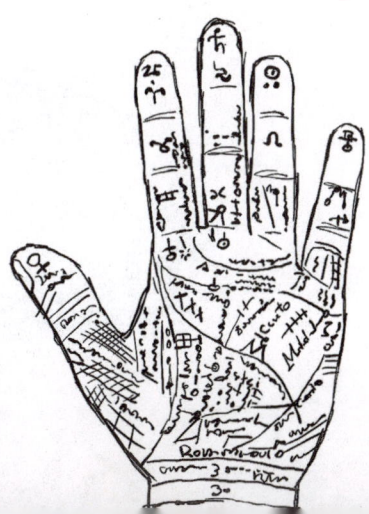

Memórias de um fusca

*De como entrei
para a história da literatura
brasileira*

Se me lembro bem, era julho de 1976, e eu, com meus 10 anos de idade, estava indo passar o fim de semana no sítio do Orígenes Lessa! Ele mesmo, o escritor de *O feijão e o sonho*, das *Memórias de um cabo de vassoura*, das *Letras falantes*, das *Memórias de um fusca*. Eu tinha lido mais de quarenta livros do Orígenes e, pra mim, ele era o maior escritor do Brasil. E não era só isso, não. Minha mãe garantia que ele era um dos primeiros e mais talentosos publicitários do país (inventou até o nome Kibon, imaginem!)

Ele era um sujeito muito importante na cultura brasileira, mas, além do sítio e do apartamento de um quarto na Avenida Prado Júnior, em Copacabana, possuía apenas um fusquinha 66. Acho que era o fusca do livro. Como o Orígenes tinha mais de 70 anos, quem dirigia era a Maria Eduarda, sua esposa de Lisboa ("É portuguesa, coitada...", ele costumava brincar).

O sítio ficava em Paraíba do Sul, estado do Rio de Janeiro, e a viagem durava mais de duas horas. Minha mãe e minha irmã foram no banco da frente. Atrás, todo metido, eu viajava entre meu pai e meu ídolo.

Na estrada, paramos num posto de gasolina, e as três mulheres desceram pra ir ao banheiro. Orígenes contava um caso engraçado e antigo pro meu pai, e acho que por isso os dois não perceberam quando o carro começou a descer de ré. A Maria Eduarda tinha esquecido de puxar o freio de mão, e o fusca começou a recuar com gingado.

Senti alguma coisa esquisita no ar, virei o pescoço e vi um precipício gigantesco atrás de nós. O carro ganhando velocidade. Orígenes e meu pai rindo alto, nem desconfiando da tragédia que estava prestes a acontecer. Foi então que eu dei um pulo pro banco da frente, agarrei aquele freio e puxei pra cima, com toda força. Ufff, o carro parou com um estrondo!

Olhei pros lados. Os dois adultos estavam atônitos, brancos feito uma página vazia. Dali a um segundo, o Orígenes começou a aplaudir, balançando a cabeça onde, com certeza, se misturavam as ideias para um punhado de livros que ele escreveria depois.

Não fosse aquele meu impulso de heroísmo infantil, Orígenes não teria escrito, nos 10 anos seguintes, algumas obras-primas da literatura infantil e adulta: *É conversando que as coisas se entendem*, *Milagre em Ouro Preto*, *A noite sem homem*, entre outros tantos.

Por outro lado, se não tivesse puxado aquele freio de mão, teria poupado Orígenes do embaraço de concorrer com José Sarney por uma vaga na Academia Brasileira de Letras. E perder.

Mas o que importa, mesmo, é que meu escritor favorito viveu mais 10 anos, trazendo fantasia, humor e poesia pra criançada. Ninguém sabe disso, mas naquele dia eu entrei para a história da literatura brasileira.

PS: Felizmente, o Orígenes se candidatou uma segunda vez à Academia e ganhou, quase por unanimidade.

Meu primeiro *show* de rock

Ninguém me entende nessa casa!

Meu maior sonho adolescente era assistir a um *show* de *rock*. Mas eu morava em Belo Horizonte e, naquela época, ninguém de interessante vinha dar *show* em Belo Horizonte. Então o único jeito era viajar pra assistir a alguma banda no Rio ou em São Paulo.

Quem disse que meus pais deixavam? Proibir não proibiam, mas conseguiam soltar disfarçadamente, no meio da conversa, tudo quanto era tipo de desgraça que podia acontecer a um adolescente sozinho nas metrópoles. Assalto, sequestro, briga, acidente, atropelamento, amnésia, abdução por extraterrestres. E olhe que isso era no início dos anos 1980, quando a sensação de perigo e desamparo ainda não tinha tomado conta do país.

– Ninguém me entende nessa casa! – eu esgoelava. – Eu tenho que assistir a um *show* de *rock*! Eu preciso assistir a um *show* de *rock*!

Mas meu choro não comoveu ninguém e eu tive que adiar meu desejo por longos anos. Os poucos *shows* que apareciam em BH eram de uns grupos brasileiros que nem eram tão *rock* assim. Lembro que uma vez eu conheci uns americanos, adolescentes como eu, e, todo animado, chamei os caras prum *show* do 14 Bis. Resultado, os gringos passaram um mês rindo da minha cara: se o 14 Bis era *rock*, então Santos Dumont tinha inventado o avião! E, pra um americano, nada mais ridículo do que nós, brasileiros, com nossa mania de chamar Santos Dumont de "o pai do aviação". Para eles, os pais da aviação são os irmãos Wright, e não se fala mais nisso.

Da mesma forma, 14 Bis não era *rock* nem aqui nem em Nashville. O que a banda tocava era algo parecido com música *country*. Pelo menos pro ouvido daqueles americanos. E como é que eu ia discutir *rock and roll* com eles? Os caras sacam tanto, mas tanto, de *rock*, que conseguiram dividir o gênero em 243 subtipos.

Rock, *rock* mesmo, *rock and roll* – eles tentavam me explicar – era o que faziam os Rolling Stones. *Pã pã, pãrãrã, pararara, pã, I can't get no-oo satisfaction!*

O Led Zeppelin, por exemplo, era *hard rock*. O Pink Floyd era *rock* progressivo. O Clash era *punk rock*. David Bowie era *glitter rock*, uma espécie de *rock* purpurinado. King Crimson era *rock* artístico. The Cure era *rock* gótico. Santana era *rock* latino. Jethro Tull era *rock* folclórico. Air Supply era *rock* suave. Supertramp era *rock* de arena. E por aí afora.

Mas pra mim, naquela época, essas classificações não tinham muita importância. O que eu queria era ver um verdadeiro, um autêntico *show* de *rock*, pra americano nenhum botar a colher.

Quando anunciaram que o Queen estava vindo pro Brasil, em 1981, eu quase morri de vontade, mas – na opinião dos meus pais... – eu ainda era muito novo pra encarar a viagem e o *show*. Até hoje não esqueço minha frustração. O Queen, no inicinho dos anos 1980, estava no auge, e aquele *show* em São Paulo virou uma lenda. Mas eu não fui na lenda nem li a legenda.

Depois anunciaram o Police no Rio. A banda também estava no ápice (pra não repetir auge) da forma e da fama. O Sting ainda era um roqueiro de verdade, saltava, pulava, gritava, não estava nem aí pra Mata Atlântica e pra camada de ozônio. Aquele *show*, lá pra 1982, também ficou famoso. E mais uma vez eu não fui.

Acabei tendo que me conformar, mesmo, foi com o *show* do Kiss. É, o Kiss, aqueles quatro sujeitos de cara pintada e careta de maus. Não sei por que milagre, o grupo resolveu incluir BH na turnê brasileira, e eu, claro, fui dos primeiros a entrar na fila do ingresso.

O *show* era no Mineirão e, tão logo eu cheguei perto do estádio, desconfiei que havia alguma coisa errada. E tinha mesmo: um grupo de fanáticos religiosos, não me lembro de qual igreja ou seita, tinha resolvido impedir o *show*. Eram uns quinhentos, todos de mãos dadas, dando um abraço no estádio, o que impedia qualquer pessoa de entrar. Enquanto isso, outros tantos distribuíam folhetos para provar, por A + B, que o Kiss era o demônio em forma de banda de *rock*.

Juravam que o nome do grupo não queria dizer um mero e inocente beijo, mas sim uma sigla secreta que queria dizer *Kings in Satan's Service* (Reis a Serviço de Satã, olha só o delírio do pessoal!). Conclusão dos apocalípticos: quem assistisse ao *show* estaria amaldiçoado para sempre. O ingresso equivalia a uma passagem, só de ida, pro inferno. Segundo eles, a banda iria sacrificar galinhas no palco, botar fogo nas mulheres, vomitar sangue, jogar *ketchup* na Bíblia, sei lá mais o quê. Enfim: uma mistura de ritual de magia com inquisição espanhola.

O pior não é isso. O pior é que, seja por motivos naturais ou sobrenaturais, de repente acabou a energia elétrica no Mineirão, ficou tudo escuro, e o *show* teve que ser adiado.

No dia seguinte, a polícia foi chamada pra afastar qualquer um que se metesse a protestar contra o Kiss. Não adiantou muito porque, ao final do *show*, tava todo mundo protestando. Porque, cá entre nós, foi um showzinho muito do vagabundo! A banda tocou, se tanto, uns 50 minutos, e eu só conseguiria descrever o som deles – com a licença dos especialistas americanos – como uma mistureba de *hard rock* com *glitter rock* com *rock* brega, entre outros subgêneros. E bota sub nisso!

Parodiando uma propaganda que ficou famosa na época, o primeiro *show* de *rock* a gente nunca esquece. Mas esse *show* do Kiss, tenho que confessar... acho que a inquisição espanhola foi mais divertida.

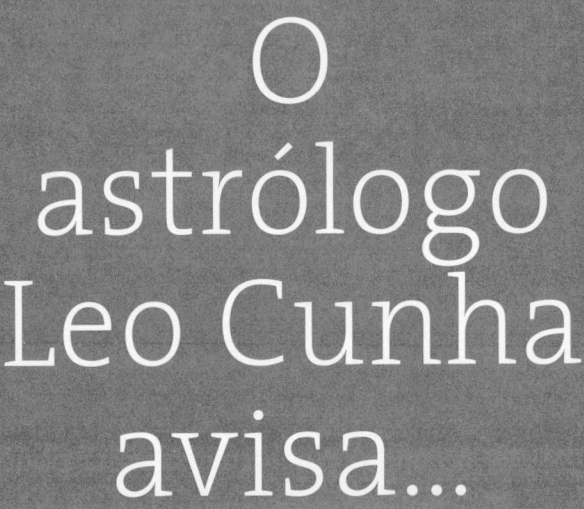

O astrólogo Leo Cunha avisa...

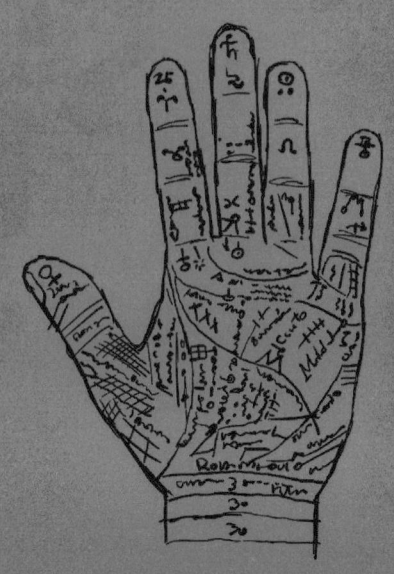

 *ou*

Não saia de casa hoje!

Gêmeos com ascendente em Gêmeos, eu vivo provocando meus amigos: "cuidado comigo, que eu sou homem de quatro caras". O que eu não conto pra ninguém é que um dia fui obrigado a fazer um horóscopo. Sério mesmo!

Eu tinha me formado em Jornalismo há pouco tempo e curtia meu primeiro emprego numa agência de comunicação, que fazia vários jornais de empresas – seguradoras, supermercados, agências de turismo, só coisas emocionantes assim... Entre estes clientes estava uma empresa de ônibus interestaduais. A cada mês eu produzia o jornalzinho de bordo de quatro páginas que os passageiros recebiam pra ler durante a viagem.

Confesso que a tarefa não era das mais difíceis. Para a capa eu sempre fazia uma reportagem sobre uma das maravilhosas cidades para onde a empresa viajava, geralmente cidades históricas ou praianas. Sempre elogiando muito as opções de lazer daquela maravilhosa e deslumbrante cidade, afinal queríamos garantir o afluxo de passageiros. Na página dois, vinha uma receita típica de alguma outra maravilhosa, deslumbrante e inesquecível cidade atendida pela empresa. Na página três, divertimentos diversos, do tipo cruzadinhas, curiosidades, piadas.

Mas a página quatro, ocupada pelo horóscopo, era a minha favorita. Sim, porque aquela página não me dava trabalho algum: a agência comprava o texto prontinho de uma astróloga. A cada mês, faltando uma semana pro jornalzinho ir pra gráfica, a Madame Myrthes (ou outro nome parecido, cheio de ipsilones e agás) mandava pelo correio duas páginas datilografadas, com as dicas para os doze signos.

Acontece que, um belo dia, o correio da dona Myrthes não chegou. Os dias foram passando, a gráfica cobrando o material, o prazo se esgotando, e nada das previsões da astróloga. Telefonamos pra ela, mas ninguém atendia. A mulher morava em outra cidade e na época não existiam essas facilidades de internet, *e-mail*, nada disso. Acho que nem o fax tinha chegado ao Brasil, ainda não.

Como o horóscopo não chegava nem com reza braba, eu virei pro meu chefe e sugeri que a gente publicasse outra reportagem, sobre alguma outra maravilhosa, deslumbrante, inesquecível e apetitosa cidade. Mas ele nem me deu ouvidos:

— Nada disso, Leo, os passageiros adoram o horóscopo. Eles fazem questão. Não dá pra publicar o jornal de bordo sem essa seção.

– Mas como resolver o pepino, então? Quem vai fazer esse horóscopo?

Era melhor nem ter perguntado. Meu chefe simplesmente catou na gaveta um punhado de revistas femininas – *Claudia*, *Marie Claire*, *Nova* etc. – e abriu um sorriso debochado:

– Você não vive dizendo que é homem de quatro caras? Aposto que uma das quatro sabe fazer horóscopo.

Naquela hora eu me lembrei do Carlos Drummond de Andrade, que chamava o horóscopo de "fatal conselheiro matutino". O troço nunca tinha me parecido tão fatal!

Eu sei o que você deve estar pensando: mas que picaretagem, hein, Leo? Que coisa feia de se fazer! Inventar um horóscopo, abusar da boa-fé dos viajantes! Mas tente enxergar pelo meu ponto de vista: recém-formado, primeiro emprego, precisando impressionar o chefe... eu não tinha muita opção.

Resultado: em meia hora eu li tudo quanto era horóscopo daquelas revistas e simplesmente saí misturando uns com os outros. Claro que todos os meus conselhos foram positivos. Eu não podia, imagine, escrever algo como "não saia de casa hoje!" Afinal o passageiro ia ler aquilo no meio da estrada...

Não. Meus conselhos tinham que ser – e foram – pra lá de otimistas: "boa época para conhecer novos ares"; "não tenha medo de se aventurar"; "os astros favorecem as novas amizades".

Os dois primeiros signos eu ainda escrevi meio encabulado, sem muita convicção. Mas depois, à medida que eu pegava o espírito da coisa, os outros saíram com rapidez e desenvoltura. Mais um pouco e eu já estaria pedindo pro chefe a vaga – e o cachê – da dona Myrthes. Quem sabe eu podia adotar o pseudônimo Leon Cunhha?

Mas parei por ali. Afinal de contas, eu sou Gêmeos ascendente em Gêmeos, mas não acredito em astrologia.

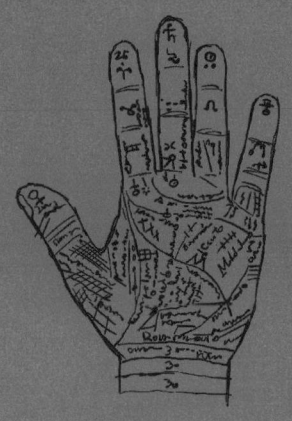

Jogo de viagem

 *ou*

De como encurtar a estrada

Nosso gordini não fazia feio na estrada. Ultrapassava decidido, freava a tempo, aguentava morros, buracos e curvas. Seguia na pista certa. Toda sexta-feira nos levava, minha mãe e eu, pra Pains, cidadezinha do interior onde meu pai trabalhava. Segunda cedinho a gente voltava pra Belo Horizonte, onde minha mãe dava aulas na UFMG e no Instituto de Educação.

Quatro anos de idade, eu ia deitado no banco de trás, com os olhos fechados, pensando em praia e futebol. Minha mãe fingia que não sabia que eu estava acordado: se eu abrisse os olhos, ela ia ter que inventar algum passatempo, algum jogo de viagem. E precisava daquele tempo pra elaborar as aulas.

Mas de Belo Horizonte a Pains a viagem era longa e eu não conseguia dormir – ou fingir – a estrada inteira. De vez em quando me levantava e pedia pra brincar, sempre o mesmo jogo: adivinhar as marcas dos carros que vinham na direção contrária: eu era Chevrolet, ela era Volkswagen. Quando passavam gordinis e vemaguetes, a gente brigava pra saber quem ganhava o ponto. Caminhão não valia.

Só na primavera é que o jogo mudava: descobrir ipês na beira da estrada. Esse jogo, sim, era uma delícia. A estrada tinha muitos ipês, dos dois lados, dando flor até não poder mais.

– Olha o ipê-roxo do seu lado!

– Olha outro, do seu!

– Olha o amarelo, lá no fundo!

– Olha lá, três amarelos de uma vez!

– Você perdeu o roxo, mãe!

– Perdi nada, Leo, eu vi sim, no alto do morro. Que belezura, hem?

Desde aquela época, eu tinha mania de exatidão:

– Olha aquele ali, filho, que liiindo!

– Não, mãe. Aquele é só bonito...

O ipê-branco era mais raro, e merecia uma torcida completa no pescoço. O gordini passava pela árvore e meu pescoço ia girando pra trás, acompanhando o ipê ir embora, até virar um pontinho verde na paisagem. Então vinha o comentário, sempre o mesmo, dito de forma tão enfática que mais parecia uma lei da natureza:

– O branco é o mais bonito de todos!

No início, essa frase era da mãe, que fazia de tudo pra animar a viagem semanal, esconder que a gente ainda estava longe do destino.

– Olha o branco, Leo, o branco é o mais bonito de todos!

Depois eu concordei e também comecei a dizer a frase, a cada ipê-branco que passava. Em pouco tempo, nós dois falávamos juntos, exatamente no mesmo segundo, como coisa ensaiada.

Era a maior diversão da viagem, o jogo dos ipês. A estrada até parecia menor, encurtada, encantada, cheia de surpresas depois de cada curva.

Depois disso, durante muito tempo, eu me esqueci dos ipês. Não sei se eles sumiram da estrada ou se fui eu que parei de reparar. Só mesmo tendo um filho pra ver a estrada florida outra vez.

O último trago

ou

Cof cof cof cof!

Eu era adolescente quando dei meu último trago num cigarro. Por uma feliz coincidência, foi meu primeiro trago também. Já se vão mais de 30 anos e até hoje eu não esqueço. Cof cof cof cof! Que sufoco, que susto, que medo! Cof cof cof cof! Por alguns segundos, tive certeza absoluta de que ia morrer. Cof cof cof cof! Como é que alguém consegue fazer isso mais de uma vez por minuto, mais de uma vez por hora, mais uma vez por dia, mais de uma vez na vida? Cof cof cof cof!

Mas, junto com o nojo do cigarro, veio aquela sensação de frustração e vergonha. Como contar pros meus colegas de escola, que estavam ali, ao meu redor? Esses mesmos colegas que viviam se gabando, na hora do recreio: "hoje eu já fumei dois!" "Só isso? Eu já tô indo pro quarto!" "Vocês não são de nada, eu peguei o maço do meu pai, escondido!"

O poeta Mario Quintana dizia, lindamente, que "o cigarro é uma maneira disfarçada de suspirar". Mas para aquela meninada, ali no pátio da escola, não tinha disfarce nem suspiro. Eles achavam, coitados, que fumar era uma aventura, uma rebeldia. Alguns se sentiam mais adultos, outros, mais destemidos, outros, mais conquistadores.

Olhando de longe, agora, acho que estas ilusões vinham, em boa parte, dos filmes do cinema e da tevê, onde o pessoal fumava pra burro. Muitos anos depois é que fui ler, no jornal, uma reportagem contando que a maioria dos atores e atrizes que apareciam fumando nos filmes recebiam dinheiro das fábricas de cigarro. Era tudo propaganda! Alguns deles nem fumavam de verdade, mas estavam ali fingindo, pra ganhar uns dólares a mais. Esta reportagem mostrava também que, até a década de 1990, a quantidade de fumantes nos filmes era absurdamente maior do que na vida real. Não lembro os números exatos, mas a proporção é mais ou menos essa: se nos EUA 40% dos homens fumavam, em Hollywood esse número subia para 80% dos personagens principais. Durma-se com um bagulho desses!

Mas naquele dia, 30 anos atrás, eu não conhecia essa reportagem, só conhecia os filmes que mostravam todo o *glamour* do fumo e dos fumantes. Ainda pensei em tentar de novo, mas aquela sensação de estrangulamento me atacou outra vez. Cof cof cof cof! Não tinha jeito. Eu precisava ir correndo pra cantina, pedir uma água, um suco, um refrigerante. Qualquer coisa, menos um café.

É, porque eu tinha 8 anos quando dei meu último trago numa xícara de café. Por coincidência, foi meu primeiro trago também. Já se vão quase 40 anos e até hoje eu não esqueço. Coffee coffee! Mas isso é assunto pra outra crônica.

O povo contra Iuri Katchenko

Um estranho no ninho

Era 1984, eu tinha 17 anos e estava passando um ano no Texas, no programa de intercâmbio do Rotary. O presidente americano era Ronald Reagan, ex-ator canastrão de Hollywood, que confundia o Brasil com a Bolívia. A União Soviética era comandada por Chernenko, com nome e olhos de peixe. A Guerra Fria dava aparentemente seus últimos suspiros.

Um belo dia, os alunos da Greenville High School, onde eu estudava, foram convidados para assistir a uma palestra de dois oficiais do exército russo, na East Texas State University, a cem quilômetros de Dallas. Ficamos empolgadíssimos. Afinal, naquela época, não era fácil encontrar um russo passeando pelos Estados Unidos, e muito menos dando palestras para adolescentes. Enchemos quatro ônibus e partimos, elétricos de curiosidade.

No auditório da universidade, um professor logo apresentou os dois russos: Iuri Katchenko e Sergei Popov. Um era major; o outro, coronel. Altos, louros e simpáticos, os dois começaram a palestra contando como era a vida, a economia e o povo soviético. Falavam com um sotaque bem carregado e eu, com poucos meses de Estados Unidos, tinha que prestar muita atenção para entender tudo. Em 10 ou 15 minutos, teceram um retrato ultrapositivo da sociedade soviética, enfatizando a imagem de um país tranquilo, alegre e trabalhador.

Em seguida, puseram-se à disposição para responder às perguntas da plateia. Dezenas de braços se levantaram e começou a chuva de questões: é verdade que o governo manda os opositores para a Sibéria? Vocês têm liberdade pra sair à noite? Os russos podem sair do país? Por que ninguém pode ter seu próprio negócio? Por que as igrejas foram proibidas? Uma verdadeira artilharia de perguntas incisivas, quase hostis. O povo contra Iuri Katchenko.

Mas, para meu espanto, Iuri e Sergei não se apertaram. Pelo contrário: fugiam de quase todas as perguntas e respondiam simplesmente: isto está previsto em nossa Constituição... a liberdade está garantida na Constituição... a igualdade está na Constituição, esse direito *idem*, aquele direito *ibidem*... Sempre a mesma resposta monocórdica, fria e calculista.

Aquela atitude dos russos foi criando um clima desconfortável no ar e um burburinho de revolta começou a se espalhar pela plateia. A Guerra Fria esquentava diante dos meus olhos. Foi então que aconteceu uma coisa estranha: de repente, eu percebi que estava entendendo cada palavra que os russos diziam, sem a menor dificuldade com o sotaque. E, um segundo depois, entendi por quê.

– Na verdade, eu sou o coronel Dick Brown e este é o major James McMann. Nós somos oficiais do exército americano e viemos aqui para mostrar para vocês como os russos são falsos, como eles responderiam...

O auditório ficou mudo, os adolescentes se entreolhavam, pasmos, engoliam em seco, balançavam a cabeça. No palco, os dois oficiais americanos sorriam, orgulhosos.

Naquele momento eu me senti um autêntico estranho no ninho, recebendo uma lobotomia. Mas, antes que eu conseguisse entender direito o que estava acontecendo, e mesmo o que eu estava sentindo, metade do público se levantou e começou a gritar, aplaudir, ovacionar, extasiado com a *performance* dos dois. E eu, quando dei por mim, também estava de pé, no meio da multidão, batendo palmas para a indecência daquela guerra, celebrando a lavagem cerebral...

PS: Os nomes exatos dos oficiais americanos (assim como os nomes russos) eu não lembro mais, depois de tanto tempo. Nem isso tem importância.

Mãinha não entendeu nada...

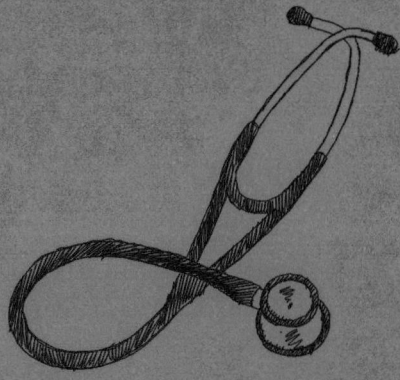

ou

Pra que essa meninaiada?

No início da década de 1960, meu pai foi passar férias em Jequitinhonha, na fazenda onde moravam meus avós. Ele tinha acabado de terminar o segundo ano de Medicina e esperava gozar uns bons dois meses de descanso, longe das doenças, xaropes, comprimidos, exames e provas. Que ilusão! Mal botou os pés na fazenda, viu que minha avó o esperava rodeada de crianças. Meninos de tudo quanto era idade, desde bebês até pré-adolescentes, todos o encarando com um olhar desconfiado.

— Pra que essa meninaiada toda, mãinha? — ele estranhou.

— É tudo menino procê examinar! — vó Justina abriu um sorriso satisfeito.

— Mas, mãinha, a senhora ficou maluca? Eu não posso fazer isso não, agora é que eu passei pro terceiro ano!

— O quê? Dois anos de Medicina e você não consegue examinar nem criança?!!!

Gosto de contar esse caso sempre que me perguntam coisas do tipo: "E aí, Leo, você já fez tantos livros para crianças, não está na hora de escrever um pros adultos?" Como quem diz: você não vai fazer um livro de verdade, não? Ou, como brinca o colega Ronaldo Simões Coelho, não vai fazer um livro que fique em pé sozinho?

Geralmente essas perguntas não surgem por maldade. Simplesmente refletem um preconceito disseminado na sociedade: as pessoas acham que quem lida com crianças tem um trabalho muito mais fácil. Professor primário? Moleza! Teatro infantil? Qualquer um faz! Biblioteca de escola? Enfia lá aquela professora desanimada, prestes a se aposentar, e ela dá conta do recado. Médico de criança? Dois anos de Medicina são mais do que suficientes...

Não preciso nem dizer que a verdade passa longe daí. Para fazer malfeito, é inquestionável: realmente qualquer um pode se candidatar, pois o nível de exigência anda baixo mesmo. Mas isso vale para o público de qualquer idade! Ou alguém tem a ilusão de que os escritores, atores e diretores "de adultos" são sempre artistas brilhantes? Quantas vezes o professor que mais marcou nossa vida surgiu justamente na infância, ou na adolescência? Agora, se é pra fazer um trabalho de qualidade, sério, verdadeiro, temos que abandonar essa visão distorcida. Um preconceito que atinge não apenas estes profissionais, mas, principalmente, a criança.

Ora, a criança é menor somente em idade e tamanho. Quando se trata de inteligência, sensibilidade, criatividade, emoção, ela empata – e frequentemente goleia – o adulto. É mais aberta, disponível, abraça melhor as novas ideias. Se achamos que um livro – uma peça, música, filme – é bobo, simplista, malfeito, podemos ter certeza de que a criança também não vai gostar. A menos que já tenha sido "condicionada" a engolir obras menos elaboradas, moralistas, ou toda esta produção em série que o mercado despeja e o adulto (pai, tio, professor) endossa.

Navegar é preciso, mas nem tanto!

ou

Arranhões e vergalhões

Comprar um pacote turístico pode ser uma experiência desesperadora. Eu devia ter desconfiado quando chegou aquele envelope com uma enorme e esvoaçante bandeira americana e os dizeres "open immediately", "extremely urgent", "high priority". Que assunto tão absolutamente urgente esse povo de Miami podia querer comigo?

Bom, o negócio é que eu abri a correspondência e lá estava um papel timbrado, com pinta de coisa oficial, dizendo "faca suas malas!" (sem cedilha, mesmo), e mais: "você foi registrado para receber uma oferta de férias de classe internacional na Flórida e Caribe". O pacote parecia mesmo apetitoso: cruzeiro luxuoso para o Caribe, vários dias em Orlando e Daytona Beach, aluguel grátis de carro, passeios turísticos diferenciados. Por sorte – ou por azar – eu estava mesmo à procura de uma viagem. Aliás, não sei se por coincidência, minha mulher recebeu uma correspondência idêntica. Nossa vontade de viajar ficou maior.

Calculando que não tinha nada a perder, telefonei para o número indicado. DDI para a Flórida. Aí é que começou o surrealismo.

Um sujeito atendeu o telefone em inglês, com um leve sotaque hispânico, e se colocou à minha disposição. Expliquei que estava ligando do Brasil, para perguntar sobre o cruzeiro, e, quando eu já ia dizer que ele podia falar em inglês mesmo, o rapaz disparou: durante 10 minutos seguidos, ele falou alucinadamente no meu ouvido, num portunhol bem carregado e numa velocidade absurda. Sua única pausa foi logo no início, para perguntar meu nome e o número do meu código (que constava no tal papel). Depois disso, foi uma avalanche só.

"É a viagem dos seus sonhos, férias extraordinárias, incluem isso, incluem aquilo, e também aquiloutro e não sei que e blá-blá-blá e Flórida e Caribe e cassino e *duty free* e carro alugado e X noites e Y dias, Leonardo, (de 30 em 30 segundos ele encaixava um Leonardo no meio da avalanche, e voltava para o ataque) e *shows* e golfinhos e areias brancas e Walt Disney e mergulho e Leonardo e mais compras e diversões e refeições e arranhões e vergalhões (com certeza não eram arranhões e vergalhões, mas portunhol a 380 por hora acaba provocando essas coisas)".

No início a vontade é de rir, mas logo depois vai dando um sufoco, um enjoo, parece que a gente está sofrendo uma lavagem cerebral e, pra piorar, pagando tudo em DDI. "Por que você não bateu o telefone na cara dele?", minha mulher perguntou, depois. Não sei responder. Talvez tenha sido pura burrice. Ou talvez eu tenha ficado paralisado diante daquele *brainstorm* de mão única. Ao mesmo tempo, eu confesso que estava curioso para saber aonde ele ia chegar. É claro que eu tentei cortá-lo, falar que não era bem isso o que eu estava procurando, mas o rapaz não dava tempo para interrupções. Deve ter feito meses de treinamento para conseguir aquele ritmo de locutor de jóquei. Eu sei dizer que, quando dei por mim, o sujeito estava pedindo o número do meu cartão de crédito e, pior, eu já estava prestes a dar o número!

Foi então que baixou o santo e eu gritei "CAAAALMA!" Ele: "Como?" E eu: "Olha, eu não posso te dar nenhuma resposta agora, tenho que olhar outros pacotes, nem tenho certeza se quero ir para o Caribe". Ele ainda tentou uma última cartada: "Mas você pode simplesmente fazer uma reserva, no valor de U$ 498,00, e depois você terá 18 meses para escolher a data da sua viagem." Não, muito obrigado. Tchau!

Desliguei aliviado e levei cinco minutos para recuperar o fôlego. A lavagem cerebral não deu certo. Ao menos comigo. Mas fico me perguntando quantas pessoas não resistem à verborragia desse povo e acabam comprando uma viagem que nem sabem se vão fazer. Pode até ser que esse pacote seja pra valer, confiável e uma verdadeira barganha. Mas na dúvida, só compro um desses se for pela internet. Sinto arrepios só de imaginar quanto custou essa ligação interminável para a Flórida.

João, Chico e Sérgio

ou

Uma história de carnaval

À s vezes eu sou meio do contra. Sem querer, mas sou. Já viu um mineiro que não gosta de café, um brasileiro que não gosta de carnaval? Pois é, sou eu.

O carnaval, então, é um troço que nunca me pegou mesmo! Vai chegando fevereiro e eu trato de arranjar um resfriado, um torcicolo, até um pé quebrado tá valendo. Tudo pra escapar do carnaval, passar longe dos milhares de bailes, ao vivo ou na tevê. Sem falar nos desfiles. Quer dizer, eu era assim até fevereiro de 1998. Foi então que entraram em ação os três personagens do título dessa crônica: Joãosinho Trinta, Chico Buarque e Sérgio Naya.

Eu tinha passado dos 30 e já estava casado com a Valéria, uma fanática por carnavais (ela jura que um dia ainda me leva pra folia de Salvador, mas antes disso vai ter que me buscar no hospício; sim, porque certamente eu vou estar maluco de pedra se topar essa ideia).

Bom, o negócio é que, depois de muita insistência, fui convencido a assistir o desfile das escolas de samba na Sapucaí. A Valéria veio armada com dois argumentos poderosos e eu não tive como escapar. O primeiro é que ela própria iria desfilar, pela Viradouro, que na época tinha o Joãosinho Trinta como carnavalesco.

O segundo é que, naquele ano, a Mangueira ia desfilar homenageando o Chico Buarque, um dos meus três maiores ídolos (não pergunte os outros dois, que sempre variam, mas o Chico nunca sai da lista). Sou chicólatra desde a infância, e tenho que admitir que ver uma escola inteira homenageando o meu ídolo e ainda por cima ver o guri desfilando, bem, não era nenhuma tragédia.

A tragédia aconteceu, porém, algumas horas antes de o desfile começar. Eu estava hospedado num apartamento da Barra da Tijuca e fui acordado, ainda de madrugada, por uma barulheira de sirenes e helicópteros. Ainda de pijama, caminhei até a varanda, um olho a pestanejar e outro fitando aquele carnaval de gente correndo de um lado pro outro.

Não demorei pra descobrir o que tinha acontecido. O edifício Palace 2, que ficava a um quarteirão do meu, tinha desabado. Acordei a Valéria e nós dois fomos correndo até o local do desastre. A polícia não deixava ninguém chegar muito perto, mas deu pra ver, perfeitamente, dezenas de móveis despedaçados, tapetes, roupas, livros, cadernos, fotos, tudo espalhado pelo chão, e uma pilha de escombros de uns cinco metros de altura, ou mais. Um terço do prédio tinha caído, várias pessoas morreram. Centenas de pessoas perderam tudo o que tinham e estavam ali chorando, gritando, amaldiçoando o dono da construtora, o deputado Sérgio Naya.

Nos dias seguintes, a imprensa foi revelando cada detalhe daquela crônica de uma tragédia anunciada. O Naya (logo rebatizado de Canaya pelo Casseta & Planeta) tinha usado material de terceira qualidade, areia da praia, rejeitos. Não é à toa que o Palace caiu feito confete naquele domingo de carnaval. Alguns dias depois o resto do prédio seria implodido com espetacular precisão, transmitida ao vivo para todo o Brasil.

Na noite daquele domingo, fomos para a Sapucaí ainda sob o impacto das cenas horríveis que tínhamos visto na Barra. Depois daquilo tudo, ainda fazia algum sentido pular, cantar, desfilar, sorrir?

Mas tinha a Viradouro e o Joãosinho Trinta cantando o Orfeu, tinha a Beija-Flor sempre luxuosa, tinha a Mocidade, tinha as baterias todas, tinha a Mangueira cantando o Chico Buarque. E tinha o Chico, feliz, emocionado, desfilando verde e rosa no alto de um carro alegórico.

Cinco da madrugada. Vinte e quatro horas antes o prédio do Naya tinha despencado. E eu, pra minha própria surpresa, saí do Sambódromo feliz, feliz como há muito tempo não me sentia. Na cabeça, uma música do Chico, que eu ouvia desde pequenininho, mas que só naquele dia consegui entender de verdade: "Tô me guardando pra quando o carnaval chegar".

Slides

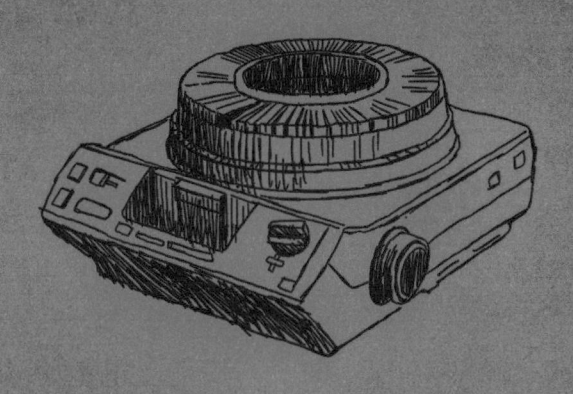

ou

Mega-Master-Super

No armário da cozinha tem um aparelho eletrodoméstico que me dá arrepio só de olhar. Ele mora dentro de uma caixa enorme, que desembarcou aqui em casa no dia do meu casamento, como presente, mas até hoje eu não tive coragem de abrir a embalagem e olhar o bicho nos olhos.

O motivo do meu medo é o que vem escrito do lado de fora da caixa, em letras de todo tamanho: MEGA-MASTER--SUPER. Pois é, esse aparelho do mal é um mega-master-super... mas mega-master-super o quê??? Será um liquidificador, uma batedeira, um moedor de carne, um triturador de dedos? Não faço ideia, porque a embalagem não explica o que ele faz, só garante que é algo muito mega, muito master e muitíssimo super. É hipérbole demais pro meu gosto!

Por isso é que, às vezes, eu prefiro os aparelhos antigos. Os toca-discos – que na minha infância se chamavam vitrola, eletrola, radiola, etc. –, aqueles telefones pretos com buraquinhos pra gente pôr o dedo e discar...

Mas a máquina antiga que mais me fascina é mesmo o projetor de *slides*. Morro de dó que hoje em dia as crianças nem sabem mais o que é um projetor de *slides*. Se eu tento explicar pra minha filha, ela me olha torto, como eu se eu estivesse de gozação, como se inventasse ali na hora a descrição de um aparelho tão esquisito e atrasado...

– Projetor de sinais? Isnaidis? Ciláidis?

Ela não sabe nem dizer o nome do troço.

E no entanto era um troço tão legal! Pra trocar um *slide* pelo outro, uma portinha fechava e abria, apagando por um décimo de segundo a imagem, pra então acender de novo, com uma foto nova. Parecia que o projetor de *slides* piscava o olho pra gente, como disse o Aldir Blanc numa música: "Toda vez que as pestanas castanhas batiam / o olhar trocava mil *slides*".

Quando eu era pequeno, minha mãe tinha um projetor desses. Ela era professora e usava o aparelho pra dar aulas na faculdade. Entre os *slides* que a gente tinha em casa, alguns eram histórias infantis, fábulas, contos de Andersen, de Grimm. Ela ia trocando os *slides* e me contando a história, como se estivesse folheando um livro.

Às vezes eu, muito metido a besta, pedia pra ela tirar os *slides* e deixar só a luz do projetor. Assim, enquanto ela lia as histórias, eu ficava encarando aquele quadrado amarelado na parede branca e imaginando as minhas próprias ilustrações, minhas rapunzéis, minhas cinderelas, meus patinhos feios, cada um tão diferente daquelas imagens do *slide*.

Até hoje me lembro daquele projetor ligado, o motorzinho zumbindo, mas sem nenhum *slide*, só a luz na parede, feito uma página em branco. E fico me perguntando se isso tem alguma coisa a ver com o fato de eu ter virado escritor.

O Mundo de Arapa

ou

Meu pai e o filhote de dinossauro

Meu pai vive num mundo só dele, um mundo à parte. Não é bem isso que você está pensando. Ele não é tantã, nem autista, nem tem nenhuma doença misteriosa. Pelo contrário: é um médico respeitável, professor, cidadão de bem. Mas, mesmo assim, vive num mundo só dele.

O Mundo de Arapa – ele se chama Eunápio, mas tem esse apelido ainda mais estranho que o nome – existe juntinho do nosso, mas segue uma lógica própria e regras particulares. Coisas que seriam impossíveis em nosso mundo acontecem tranquilamente no dele. Leis que vigoram absolutas no Universo – gravidade, probabilidades, ação e reação – não valem nada no Mundo de Arapa.

Mas acho que não vou convencer ninguém sem um exemplo mais concreto. Pois bem...

Outro dia eu cheguei à casa dele e a cozinheira abriu o portão com cara preocupada.

– Ih, Leo, seu pai e sua mãe brigaram a semana inteira...

– Mas por quê, Rita?

– É que o seu pai cismou que tá criando um filhote de dinossauro lá no quintal.

Eu dei uma gargalhada.

– Não, Rita, você tá confundindo. Nós estamos no século XXI, os dinossauros foram extintos há milhões de anos.

Ela pôs a mão na cintura e me olhou ofendida:

– E eu não sei? Não sou eu que tô falando não, uai! É o seu pai!

– Mas, Rita, o papai é médico, é um cientista, ele sabe que isso seria impossível.

Ela saiu rebolando:

– Não quero nem saber. Vocês que são chiques que se entendam. Eu vou lavar minhas vasilhas.

Nessa hora entrou o meu pai. Fiz uma careta pra ele:

– Ô, pai, que briga é essa com a mamãe?

– Ih, aposto que a Rita já deu com a língua nos dentes.

– Pai, ela disse que você cismou que está criando um dinossauro.

– Um dinossauro não, Leo! – ele riu.

– Ah, bom – suspirei aliviado.

– É só um filhote.

Caí sentado.

— Mas, pai!!! Pelo amor de Deus, vê se é possível isso que você tá falando?

— Eu sei, Leo, por acaso você acha que eu fiquei louco?

Ele sempre pergunta isso, pra me desarmar.

— Eu não disse isso, pai.

— Você tá igual à sua mãe. Ela também não acredita em mim.

— Mas você há de concordar que criar um filhote de dinossauro é meio demais, né? Como é que a ciência explicaria isso?

Ele me olhou desalentado, como quem diz: "Como é que eu pus no mundo um sujeito tão descrente assim!".

Mas acabou respondendo:

— Eu sei que a ciência não aceitaria, Leo. Mas alguma coisa aconteceu. Alguma mutação, alguma falha genética. Não sei o que foi, só sei que eu tô com esse filhote de dinossauro no quintal.

Abri a porta e corri pro quintal. Olhei daqui, olhei dali, nada. De repente ele entrou detrás de uma árvore e voltou radiante, com o bichinho no colo, de coleira e tudo.

Um filhote de iguana.

— Mas, pai, isso é uma iguana!

— Iguana?... Nunca ouvi falar.

— Não é possível! Tem muitos nessa região! Você nunca viu...

Mas ele nem estava mais me ouvindo. Tinha acabado de descobrir um bicho novo, desconhecido, só isso é que importava.

— Iguana! Que bacana...

Dali a uma semana, se eu perguntasse do filhote do dinossauro, ele ia morrer de rir e dizer que era tudo invenção minha. Aliás, já posso até ver ele lendo essa crônica e balançando a cabeça:

– Ai, esse Leo, que imaginação! O coitado vive num mundo só dele...

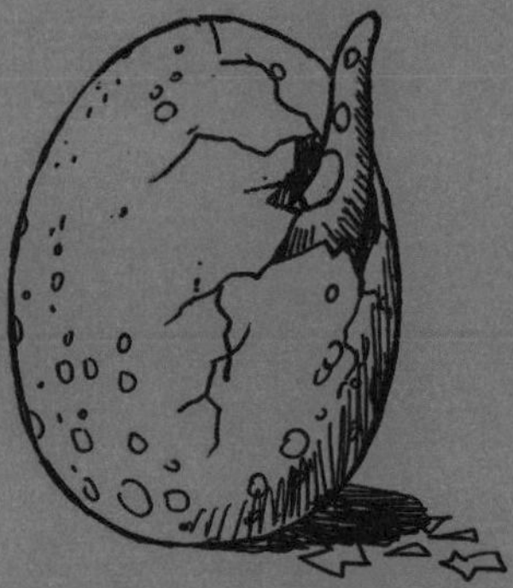

Amor sem palavras, cinema mudo...

ou

Na matinée

Foi num cinema que os dois se conheceram e se apaixonaram. Meu avô e minha avó. Tudo aconteceu lá pra 1930, quando o cinema falado ainda não existia ou, se existia, era só nas cidades grandes do Brasil, ou, nem isso, só nos Estados Unidos, em Hollywood. Esses detalhes certinhos eu não sei agora, mas o leitor pode perguntar depois pro professor de História, ou pesquisar na internet.

Bom, lá estavam os dois, em 1930, época do cinema mudo. Moravam numa minúscula cidade de uns 3 mil habitantes, no sul de Minas Gerais. O único cinema da cidade passava com grande atraso os sucessos norte-americanos, em duas sessões. A da tarde era chamada *matinée*, a da noite, *soirée*. Meu avô podia entrar nas duas sessões. Minha avó, só na *matinée*, por causa da idade.

Ah, esqueci de dizer que minha vó tinha 14 anos, mas claro que com 14 anos ainda não era minha avó. Nem mãe ela era ainda. Era apenas uma adolescente que adorava tocar piano, e tocava muito bem por sinal, sempre em casa.

Um dia o dono do cinema ia passando pela rua e ouviu aquela música mais bonita saindo da janela. Tocou a campainha e convidou minha bisavó pra tocar piano nas sessões de cinema.

A bisavó? O leitor deve estar perguntando. É isso mesmo. Porque o tal moço, dono do cinema, achou que era a minha bisavó no piano e a convidou pra tocar durante os filmes. Minha bisa explicou pro moço que ela nunca tinha tocado piano na vida, e que ele devia estar procurando era a filha, Olívia. Ela é que era a pianista da casa.

O dono pediu desculpas pela confusão, mas confirmou o convite. Só tinha um problema: como a menina tinha apenas 14 anos, só poderia tocar na sessão da tarde, à noite ele não aconselhava.

Minha avó ficou toda empolgada com a ideia, mas não entendeu muito bem como ia funcionar. É que ela nunca tinha ido ao cinema. O dono explicou que era coisa simples. Quando a tela mostrasse uma cena romântica, ela devia tocar uma melodia suave. Nas cenas de ação, uma música acelerada. Na hora do suspense, algo bem grave e barulhento. Era mais ou menos isso, mas não precisava de ela se preocupar não, porque o João ia explicar melhor, quando ela chegasse ao cinema.

Adivinha quem era o João? Meu avô... que não era meu avô ainda, claro. Ele era ferroviário de profissão, mas, nas horas vagas, tocava trombone na bandinha da cidade e no cinema, pra faturar um dinheirinho extra.

Não foi amor à primeira vista. Pelo contrário. João achou a Olívia muito novinha, uma criança, quase. Duvidou que ela desse conta do serviço. Olívia, por sua vez, estranhou que seu parceiro fosse logo um trombonista, nunca tinha ouvido falar de um duo tão estranho de instrumentos: piano e trombone.

Meu avô achou que ela não tinha gostado dele, porque ficava sempre com a cara muito séria. Vovó também achou que o João não tinha gostado dela. Pensou que ele tinha achado que ela era feia, desengonçada, sei lá. Mas aí eles começaram a trabalhar juntos e tudo mudou.

O primeiro filme dos dois foi um do Carlitos. Meu avô me contou que o piano corria com aquele mendigo atrapalhado, tropeçava, pulava, caía. O trombone parecia rir junto com o público, e também sabia assustar, quando era preciso. Cada um ficou surpreso e encantado com a música do outro. Resultado: não demorou um mês, os dois já eram inseparáveis. E não foi só no cinema não. O casamento deles durou mais de 60 anos. Aqui estou eu, que não me deixo mentir.

PS: O título desta crônica foi tirado de uma música dos Paralamas do Sucesso.

O livro do meu avô

ou

A herança

Desde pequeno eu via meu avô lendo aquele livrão grosso, de capa dura, azul, e ficava imaginando: por que é que o vô nunca acaba de ler esse livro? Será que alguém obrigou o coitado? Será que ele não sabe ler direito? Será que o livro é chato? Está escrito em outra língua? Que mistério será esse?

Até que um dia eu, com meus 8 ou 9 anos, perguntei pra ele:

– Ô, vô, por que é que você nunca termina de ler esse livro?

E ele me olhou com surpresa e diversão:

– Não, Leo. É que eu termino o livro e começo de novo, termino e começo de novo, termino e começo...

E assim, durante 30 anos – de 1964, quando ele comprou o livro, até 1994, quando ele morreu – meu avô leu 25 vezes o *Grande Sertão: Veredas*. Pra quem não conhece, é um livro enorme e assustador de tão bonito, escrito pelo Guimarães Rosa. Livro difícil, também, cheio de palavras inventadas, de frases inesperadas, de causos surpreendentes.

Aquele livro pra mim foi uma revelação: então quer dizer que a gente podia ler e reler um livro muitas vezes, e cada vez curtir mais ainda a história? Quer dizer que o livro não se esgotava nunca?

Meu avô operou de catarata ainda na década de 1970, quando não existiam essas cirurgias a *laser*, de hoje. E mesmo depois da cirurgia, ele ainda precisava usar o tempo todo uns óculos de lente tão grossa que parecia uma lente de aumento. Eu ficava embasbacado de ver aqueles dois olhões do meu avô, azuizinhos feito bola de gude azul, olhando sem piscar pro *Grande Sertão*. Aquela imagem nunca me saiu da cabeça.

Daí que, quando ele morreu, já velhinho, 90 anos de idade, eu só pedi uma coisa de "herança": o livro azul, de capa dura.

— Não quero mais nada, vó. Só o livro.

Vovó não gostou nada da ideia. Queria enterrar o livro com ele.

— Ah, Leo, tente entender. O João era doido com esse livro, o livro era a paixão dele, tem que enterrar com ele, não tem jeito, não dá, não...

Resultado: escondi o livro no fundo do armário e não contei pra ninguém. Minha vó fechou a cara, bronqueou, ficou uma semana sem conversar comigo, aquele clima pesado!

Depois o tempo foi passando e vovó me desculpou. De vez em quando ela — que agora já morreu também — vinha e me pedia:

— Vamos dar uma olhada no livro?

E a gente se deliciava com o livro. Que, na verdade, era mais do que um livro, era um verdadeiro baú. É, porque se meu avô estava lendo o livro e recebia um cartão-postal, tchum: punha o cartão entre as páginas e ele passava a fazer parte do livro. Se recebia um santinho, idem. De vez em quando ele punha no livro um bilhete de loteria, pra ver se dava sorte. Nunca foi sorteado, mas não tenho dúvida de que o livro deu muita sorte pra ele.

Eu já contei tantas vezes essa história, e pra tanta gente diferente, que nem sei mais o que é lembrança, o que é sonho, o que é imaginação. Mas folheio o livro e ele mesmo me dá a resposta: "o que eu lembro, tenho".

A máquina da minha avó

ou

Paixão e badulaques

Naquela época, todas as avós tinham uma. Ou pelo menos assim parecia, porque sempre que algum amigo ou colega de escola ia lá em casa, comentava sorridente: "minha vó também tem uma!".

Pode ser, mas, pra mim, a da vovó era especial. Sempre que eu penso na minha casa da infância e adolescência, lá está ela na paisagem do quarto: a Singer corpulenta, uma máquina de costura que ocupava toda a parte de trás do cômodo.

O nome já era uma curiosidade, um mistério, além de uma disputa entre vovó e vovô: ela pronunciava "Sínger": o G com som de J.

Vovô, pelo contrário, falava "Sínguer".

– É como a palavra inglesa para *cantor* ou *cantora*. "Sínguer"!

E nem precisava perguntar o porquê daquele nome. A máquina cantava mesmo, no ritmo das pedaladas da minha vó. Ela balançava o pé pra frente e pra trás, bem ritmado, e o pedal fazia girar a roda de metal grosso, que por sua vez, com uma correia, fazia subir e descer a agulha. Enquanto isso, com as mãos, vovó ia passando o pano com todo cuidado na parte de cima, para a costura ficar certinha.

Um menino como eu, fascinado por máquinas e engrenagens, achava o máximo ter aquela engenhoca dentro de casa. Mais que um prazer: era um orgulho.

Mas o que mais me intrigava nem era a máquina, propriamente: eram as quatro gavetas que ficavam debaixo do tampo de madeira, duas de cada lado.

Quantos badulaques cabiam naquelas gavetas! Quantas pequenezas saborosas: botões, rendas, babados, fita métrica, alfinetes, dedal. Minha avó pronunciava "didal", sei lá por quê. Vovô, pelo contrário, falava "dedal".

A Singer manual morreu há muitos anos, substituída pelas lojas de roupas prontas e pelas costureiras que, agora, de suas próprias casas, com suas próprias máquinas, se encarregam das bainhas, arremates, consertos, apertos e desapertos.

Mas as quatro gavetas, essas sobrevivem, com gosto de paixão e badulaques. Vovó não trouxe da história nenhum baú de saudades, mas sua Singer de gavetas sem fim costura o pano de fundo da minha meninice.

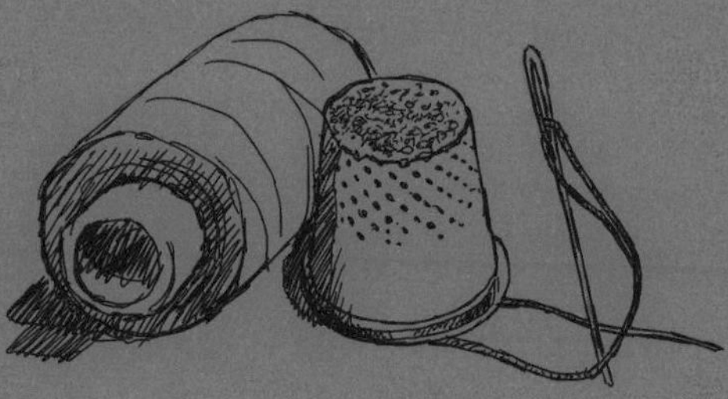

∞

Aos
meus filhos,
que
ainda vão
nascer

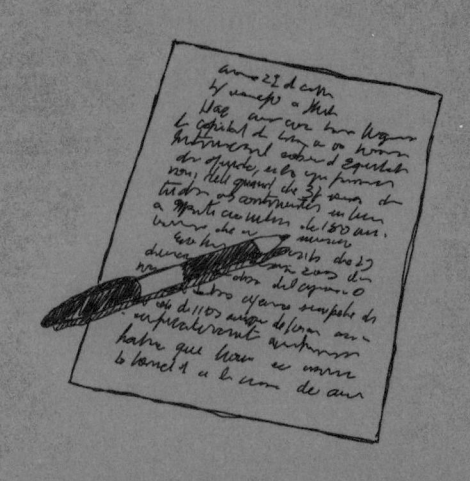

ou

Infinitos enquanto durem

Meus filhos, quando chegar o dia da minha morte, não tenham a menor dúvida: doem todos os meus órgãos. Não se importem com o que disser a legislação da época – hoje é preciso assinar uma autorização para a retirada dos órgãos; antigamente, quem não quisesse doar é que tinha de declarar por escrito; daqui a um ano, ninguém sabe onde andará a lei. Portanto, deixo aqui a minha autorização, ou melhor, o meu pedido. Doem tudo o que for possível.

Doem meus olhos míopes e doem junto minhas lentes gelatinosas. Doem meu fígado, tranquilos, porque eu nunca tive hepatite nem sou de abusar das *margueritas*. Doem meus rins, se ainda estiverem bons. O que mais? Coração, pulmão esquerdo e direito. Doem tudo ao som de um tango argentino. Mas – agora vem – eu imponho uma condição. Uma única condição!

Nunca usem o argumento sentimentaloide "o papai vai continuar vivo no corpo daqueles que receberão seus órgãos", frase que vive aparecendo nos programas de televisão que falam do assunto. Outro dia, uma senhora espanhola, após doar os órgãos do filho, não parava de dizer pro repórter: "meu Juan está vivo! Meu Juan continua vivo!".

Por favor, meus filhos, não caiam nessa. Doem sem pieguice, doem pelos motivos certos. Não por um desejo egoísta de que o papai aqui se imortalize, mas sim pela possibilidade pura e simples de ajudar outra pessoa, seja quem for, a viver sua vida mais dignamente e com mais saúde. Doem pela vida deles, e não pela minha.

Além do mais, não quero me sentir corresponsável pelos atos cometidos pelos receptores dos meus órgãos. Imaginem se o sujeito que recebeu minha córnea vira assaltante de bancos. Ou se, por uma ironia macabra do destino, ele vira um traficante de órgãos? Ou, pior ainda, imaginem se ele entra num MacDonalds da vida e sai metralhando todo mundo? De acordo com o argumento piegas daquela senhora espanhola, eu seria um cúmplice destes crimes, já que "continuo vivo no corpo dele"... Deus me livre!

Agora falando sério, meus filhos... Se vocês quiserem procurar alguma mostra de imortalidade, vasculhem meus livros, meus poemas, minhas crônicas. Talvez algum deles mereça sobreviver pelos tempos. O escritor argentino Jorge Luís Borges dizia sabiamente que esta é a verdadeira imortalidade: a que fica nas nossas obras, nos nossos atos.

Ou então, encontrem minha imortalidade em vocês mesmos. Acredito piamente que a herança cultural é o grande legado do homem. Porque no corpo não há imortalidade alguma. Doem dos pés à cabeça, façam barba e bigode, e que meus órgãos sejam infinitos, enquanto durem.

Abraços e beijos antecipados, do papai Leo.

PS: Esta crônica foi escrita antes, é claro, do nascimento dos meus filhos Sofia e André. Mas o pedido continua de pé.

As aflições de um pai intelectual

ou

Sobre as más influências

Semana das crianças, chuvinha chata que não parava, o jeito era ir ao *shopping* caçar o presente da minha filha. Escolhi um horário de pouco movimento e, feito aquela propaganda de mortadela, disfarcei pra comprar. Mas, bem na hora em que eu estava conferindo o preço do boneco, eis que me pegaram em flagrante

— Bob Esponja, Leo?! Não acredito nos meus olhos!

Era minha vizinha de frente. Antes que eu conseguisse me refazer do susto, a vizinha já tinha sentado no chão do hipermercado, chorando de rir.

— O Leo com um Bob Esponja!

Eu não tinha como negar. A mercadoria suspeita estava ali em minha mão, enorme, amarela, calça quadrada.

O único jeito era partir para o contra-ataque:

— Quer saber? A culpa é toda sua! Seus filhos têm todos esses bonecos da televisão, as garotas poderosas, os padrinhos supermágicos, não sei nem o nome dos bichinhos!

– Não tente mudar de assunto, Leo. Você está com um Bob Esponja na mão! Como esse mundo dá voltas...

Ah, quer saber? Depois da vergonha de rodar o *shopping* inteiro atrás daquele boneco, eu nem ligava mais. Acabei me rendendo.

– Sabe o que é? A minha filha pediu: "fu favô, papai!". Como é que eu ia negar?

– E dizer que há dois anos você chegou ao abuso de tocar a campainha lá em casa e pedir pra eu tirar o disco daquela loura. Tá lembrado? Disse que era má influência!

Eu sofro uma amnésia bem oportuna:

– Eu fiz isso? Tem certeza?

– Claro que fez!

– Não, mas espera aí! Aquilo é outra coisa! Aquele disco não entra lá em casa!

– Você dizia a mesma coisa do Bob Esponja.

– É, mas... Mas é diferente. Eu tinha falado sem assistir. Outro dia eu vi um episódio desse Bob com a minha filha e sabe que achei muito interessante?

Mais uma gargalhada:

– Ah, eu tinha que estar filmando isso. Você elogiando o Bob Esponja. Desculpe, mas eu vou ter que contar pra todo mundo.

Epa! O negócio estava complicando. Eu vi que ia ter que partir pra falta de ignorância. Raspei a garganta e caprichei na argumentação.

– O problema é que esses programas só servem para estimular o consumismo.

– Acorda, Leo! Toda a meninada do prédio assiste, eu é que vou proibir? Você vai proibir, quando sua filha tiver 6 anos e quiser a botinha da fulana ou a sainha da beltrana?

– Ai, isola! – bati três vezes no cabo de vassoura que eu tinha acabado de comprar.

Só depois, quando cheguei em casa, é que me veio à cabeça a resposta mais óbvia. Minha filha podia até assistir a esses programas, mas também ia ver o Castelo Rá-tim-bum, os Simpsons, o Snoopy, um punhado de coisas diferentes. Com essa resposta, eu teria fechado a discussão com chave de ouro.

Mas quem disse? Ali, no supermercado, eu não falei nada disso. Nem daria tempo, porque a vizinha espichou o olho pra cima do meu carrinho de compras e deu um grito de êxtase.

– Esse disco aí é *O melhor das telenovelas*, volume 3?!

Ainda tentei explicar.

– É pra minha sogra... Tava na promoção!

Mas o estrago já estava feito em minha fama de intelectual do prédio.

Caso perd do

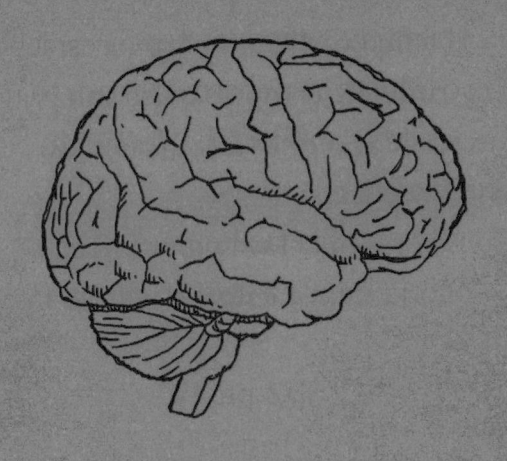

i

ou

Todo dia eu faço tudo sempre igual

Todo dia, de manhã, minha mulher me vê correndo pela casa, com o ar ansioso, aflito, ou mesmo desesperado. Mas ela nem se dá o trabalho de me perguntar o que aconteceu de tão grave assim. Está cansada de saber o que houve: eu perdi alguma coisa importante, importantíssima! Geralmente é a minha carteira, ou o celular, ou a chave do carro, ou tudo isso junto. Mais do que isso: minha mulher sabe muito bem que dali a cinco minutos eu vou encontrar o troço que eu perdi. É sempre assim.

Se ela quisesse, podia facilmente fazer pra mim uma paródia daquela famosa música do Chico Buarque: todo dia ele faz tudo sempre igual...

Passo correndo pra lá e pra cá, abro as gavetas, bato as portas, coço a cabeça, e a bandida nem pra ficar com pena do maridão.

Quando eu começo a perder as estribeiras, quando começo a suar frio, quando disparo a xingar (a me xingar, principalmente), ela às vezes ainda resolve colaborar:

— Já procurou na gaveta de meias, Leo? Já procurou no *freezer*? No micro-ondas?

É, porque isso já aconteceu e não foi uma vez só. Um belo dia eu liguei pra ela desesperado: tinha perdido a chave do carro.

Até aí tudo bem, dentro da normalidade, ou pelo menos da *minha* normalidade. Foi o que ela imaginou.

— Pô, Leo, pega um táxi! — respondeu, sem muita paciência. — Não tá vendo que eu tô trabalhando?

Mas ela não tinha captado ainda a gravidade da situação.

— Não, você não entendeu! Eu perdi o chaveiro onde está a chave do carro, a chave de casa, tudo! Eu tô trancado dentro de casa, e não posso perder uma reunião marcada pras dez da manhã!

Resultado: ela saiu do trabalho feito louca, deu uma desculpa qualquer pro chefe, furou todos os sinais vermelhos e chegou em casa às nove e meia, bem a tempo de abrir a porta e ainda me levar, de carona, pra minha reunião. No mesmo dia, à noite, ela foi esquentar alguma coisa no micro-ondas e o que é que ela encontrou lá dentro? Tcharãããã! Meu chaveiro, é claro.

Tentei me defender com uma bela frase do Nietzsche, o filósofo alemão:

— Não poderia haver felicidade, jovialidade, esperança, orgulho, presente, sem o esquecimento.

Frase perfeita pra me redimir, é ou não é?

Mas tudo o que eu recebi de volta foi um risinho irônico:

— Da próxima vez, peça pro seu filósofo sair do trabalho e abrir a porta pra você, tá bem?

O pior é que a Sofia já aprendeu com a mãe. Que filha mais desnaturada! Não pode me ver zanzando pela casa, com ar preocupado, e já começa a zoar:

– Ê, papai, vê se não vai perder a cabeça, hem?

Mas a cabeça eu não perco. Mesmo porque, se eu perder, um dia, quem vai perceber é a cabeça, e então eu vou ter perdido é o resto do corpo.

Afogando em letras

ou

Na hora de dormir

Quando eu conto isso, em alguma palestra, ou num bate-papo de boteco, das duas uma: ou as pessoas acham o máximo, ou me olham com cara de "esse aí é lesado..." Deixo o leitor decidir.

O negócio é o seguinte: eu contava histórias pra minha filha quando ela ainda estava na barriga da mãe. Sério mesmo. Eram contos de fadas, poesia, tudo quanto é tipo de literatura, além, é claro, dos causos de mineiro.

Por que eu fazia isso? Pra quê? Não posso explicar direito. Até onde eu sei, a ciência não tem nenhuma pesquisa demonstrando que a pessoa, antes de nascer, entende alguma coisa, ou entende tudo, ou não entende nada do que falam do lado de fora da mãe. Mas no cantinho do cérebro e no fundo do coração, eu tenho a impressão, a esperança mesmo, de que o feto já capte, sim, muita coisa.

E então. Então eu contava histórias pra ela. E lia poemas, também. Queria que a minha filha conhecesse não só a minha voz de pai, esse pai que um dia tá alegre, outro dia trabalhou demais, um dia o time ganhou, no outro a gasolina aumentou. Não, ela precisava conhecer esse outro ritmo das palavras, essa sonoridade especial que só mesmo um texto literário, um bom texto literário, tem.

Depois que ela nasceu eu não parei mais. Continuei contando histórias toda noite – menos quando eu dou aula até tarde na faculdade – pra ela dormir. E não é que eu já percebo a sementinha brotando? Minha filha, com 7 anos, é fascinada com livros e histórias. Agora está entrando numa fase divertida, a de ler livros mais longos, com capítulos, um desafio que ela mesma inventou. E mais: resolveu que também quer fazer seus próprios livros. Descobriu no armário o grampeador e um pacote de papel e pronto: dobra no meio umas três folhas, grampeia no cantinho e se mete a escrever e ilustrar ao menos um livro por dia.

Mas minha hora favorita continua sendo à noite, na hora de dormir. Primeiro uma história com livro, de luz acesa e olhos mais acesos ainda, pro sono começar a bater. Depois, com a luz apagada, mais uma ou duas histórias, de sobremesa. Minha voz cada vez mais baixa, se misturando com o inicinho de algum sonho. E a princesinha mergulhando, afundando, afogando em letras. Sem precisar de salva-vidas.

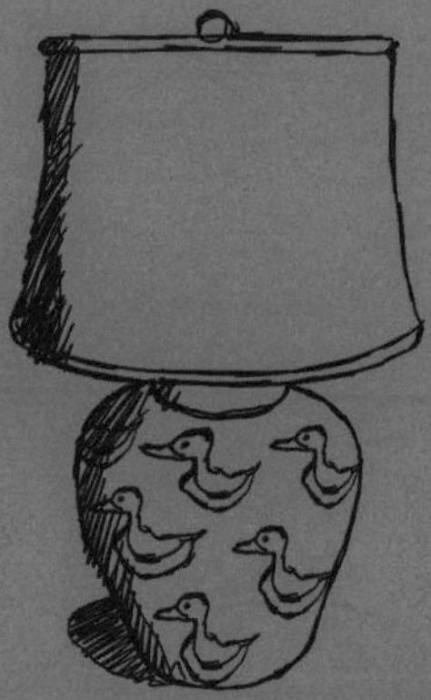

Os sem-filho

ou

Nossos Einsteins

Às vezes eu morro de pena dos meus amigos que não têm filho. Calma, calma, não vou fazer aqui nenhum sermão sobre a importância da paternidade e da maternidade, nem criticar as pessoas que optaram por não serem pais.

Quando eu digo que tenho pena dos meus amigos sem-filho, é porque eles devem ficar cansados de tanto escutar os amigos com-filho contando as tiradas, as façanhas, as proezas de seus pimpolhos.

Já estou vendo a hora em que algum sem-filho vai apelar:

– CHEEEEGA! Não quero mais saber de nenhuma gracinha que seu filho disse! Não quero ver o desenho genial que o seu futuro Picasso fez na escola! Nem me impressionar com o raciocínio abstrato que o "mini-Einstein" elaborou na hora do jantar! Vamos falar de gente grande!

Meu Deus, como sofrem os sem-filho! E como eles têm razão: nós, pais, temos uma absurda tendência a supervalorizar qualquer feito dos nossos pequerruchos. A gente consegue descobrir algo de especial, de único, até mesmo no cocozinho deles!

Por falar nisso, outro dia eu vi na internet que um fotógrafo vendeu caro, pra vários jornais do mundo, a foto do primeiro cocô da nenenzinha do Tom Cruise!

Bom, agora que eu já fiz a minha média com todos meus amigos sem-filho, vocês me deem licença pra contar a última da Sofia. Ou melhor, duas...

1

Eu chego em casa com um "bandaidizinho" no braço. A Sofia olha aquilo e estranha:

— Papai, o que que é isso?

— É que hoje eu doei sangue.

— Doeu sangue?

— Não. *Doei*.

— Como é que faz isso?

— A moça enfia uma agulha aqui no braço do papai e tira o sangue.

— Todo?!!!

2

Meu celular não pega nem por decreto e eu começo a amaldiçoar a operadora, a tecnologia, a modernidade. A Sofia logo se espevita:

— Papai, o homem pré-histórico tinha celular?

– Claro que não! O homem pré-histórico não tinha nem telefone normal.

– E computador, será que ele tinha? Será que tinha internet?

– Vê lá, filha? De jeito nenhum. Ele não tinha nem livro.

– Ih, pai, já entendi tudo. O homem pré-histórico não tinha nem história...

Teorema

ou

Ensinando Geometria

Minha filha me espera aflita, no portão:
— Papai, eu quero aprender Geometria. Você me ensina?

Minha primeira reação é uma gargalhada. Só faltava essa, uma menina de 8 anos querendo aprender Geometria.

— Ô, Sofia, de onde você tirou essa ideia? Geometria a gente aprende é lá pros 13, 14 anos.

— Não, pai. O Digo tá aprendendo Geometria.

O Digo é o vizinho da frente. Tem 9 anos, mas duvido que já tenha aulas de geometria. Ela devia estar confundindo.

— O Digo mesmo me contou. Me ensina Geometria, pai!

— Minha filha, você não precisa aprender as mesmas coisas que ele. O Digo faz aula de judô e futebol, você vai querer fazer também?

— Eu sei, pai, mas eu *preciso* aprender Geometria. O que é que custa? Me ensina só um pouquinho...

Aquela cara de pidona, meio decepcionada com o pai, meio aflita pra engolir o mundo, acaba me desarmando.

O problema é que há mais de 20 anos eu não tenho uma aula de Matemática. Como é que eu vou ensinar Geometria pra ela? É aí que eu me lembro: durante toda a adolescência eu estudei num colégio chamado Pitágoras. Talvez por isso, o tal Teorema de Pitágoras ficou grudado na minha memória desde então.

– Sofia, eu vou te ensinar uma coisa de Geometria – explico, balançando a cabeça, rindo de mim mesmo. – É a única coisa que eu ainda lembro. Mas é um treco meio complicado, não sei se você vai entender.

Os olhos brilham, ela sai correndo e volta com lápis e papel.
– Ensina!
– Vou precisar de uma régua também.
Vapt pro quarto, vupt de volta:
– Salta uma régua quentinha!

Coço a cabeça com o lápis, dou uma mordida na régua. Como explicar esse troço? Já sei, vou começar mostrando o que é um "triângulo retângulo", ou seja, um triângulo que tem um ângulo reto, de 90 graus.

– Tá vendo estes dois lados menores? Eles se chamam catetos. E esse lado maior aqui é a hipotenusa.
– Que nome engraçado, pai!
– Eu também achava. Ainda acho.
– É só isso, pai? Triângulo retângulo, cateto, *hipotenunca*? Já aprendi.

Eu podia, aliás eu devia, ter parado por ali. Ela já tinha se dado por satisfeita, já sabia Geometria... Mas meu orgulho falou mais alto. Eu não comecei a explicar? Agora tenho que ir até o fim.

— Na Geometria, existe uma coisa chamada Teorema de Pitágoras.

— Igual o nome da escola onde você estudou?

— Isso mesmo.

— Que coincidência, hem? — ela ri de lado, e eu não sei se ela está achando coincidência mesmo, ou se acha que eu estou inventando o tal Teorema de Pitágoras só pra me safar da aula de Geometria. Era tão fácil na época em que os filhos não zombavam assim dos pais, tão descaradamente. Se é que essa época já existiu.

— Presta atenção, filha. Esse teorema diz assim: a soma do quadrado dos catetos é igual ao quadrado da hipotenusa.

Péssima explicação, penso comigo mesmo. Eu jamais conseguiria ser professor de Matemática. Quem sabe com um exemplo prático?

— Imagina que este cateto tem 3 centímetros e esse outro tem 4. Se você fizer 3 vezes 3, mais 4 vezes 4, a conta vai dar igual ao número da hipotenusa vezes ele mesmo.

E escrevo no papel:

3 x 3=9

4 x 4=16

9 + 16 = 25

— Qual número vezes ele mesmo dá 25? Você sabe?

Não é que ela sabe?

— Cinco, né, pai? – ela põe a mão na cintura, como se fosse a coisa mais óbvia do mundo. – Cinco *vez* cinco, vinte e cinco. Então quer dizer que essa *hipotenunca* tem 5 centímetros?

— Isso mesmo!

— Aprendi! Aprendi o Teorema de Pitágoras!

E começa uma dancinha, rebolando a cintura e fazendo um círculo com os braços:

— Arrá, arrá, eu sou demais! Amanhã vou contar pra todo mundo na escola.

Nessa hora me bate um arrependimento de ter ensinado aquela indecência pra ela:

— Não, Sofia, pelo amor de Deus! Não conte nada disso na escola, senão sua professora vai achar que eu sou um desses pais malucos, que ficam ensinando as coisas antes da hora.

— Não posso nem falar da *hipotenunca*?

— Nunca.

— Então tá bom – ela murcha toda. – Também, pai, eu tô achando muito esquisita essa Geometria sua. Na Geometria do Digo eles ensinam é o mapa-múndi, os rios, as montanhas...

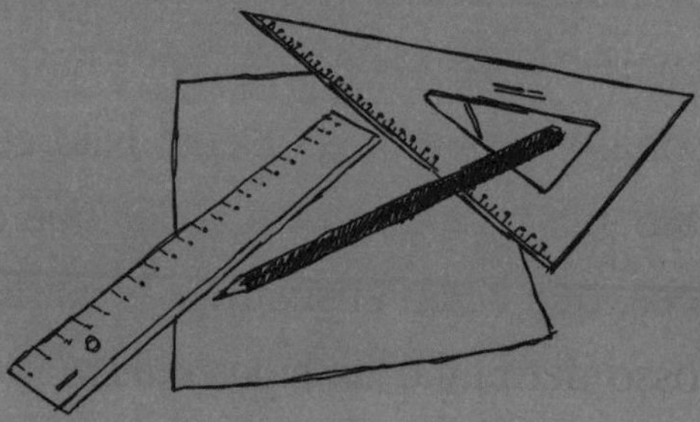

Tudo parado!

ou

Chame a Dona Iran

Quando o ônibus completou dez minutos sem andar um centímetro, gritei pra minha mulher:
– Com certeza já entramos em São Paulo!
O grito não era de raiva, nem de impaciência, desespero, nada disso. É que a turma lá do fundo cantava tão alto, mas tão alto, que simplesmente não havia outro jeito de ela escutar minha voz, mesmo sentada ao meu lado.
E dá-lhe cantoria:
– "Mina, seus cabelo é da hora, seu corpão violão...".
Et cetera e tal.
Eram no mínimo uns vinte adolescentes, ou melhor, jovens, moços... Difícil explicar a idade deles numa palavra. Eu poderia escrever "universitários" e o leitor entenderia perfeitamente que eu queria dizer "pessoas mais ou menos entre 18 e 22 anos". Acontece que eles não eram universitários e sim funcionários de um hipermercado, que tinham raspado o cofre para passar o feriado no Hopi-Hari, que fica fora da cidade.

Se nenhum deles, pelo jeito, tinha conseguido vencer o funil do vestibular, ao menos demonstravam domínio perfeito de outro tipo de conhecimento: como se divertir em São Paulo. Mesmo que a diversão fosse cantar músicas dos Mamonas Assassinas, uma atrás da outra, no fundo de um ônibus executivo empacado no engarrafamento das sete da noite.

Abri a cortininha da janela, só para conferir onde estávamos. Não deu outra: Marginal do Pinheiros.

— Nada mais paulistano do que isso! — gritei de novo para minha mulher.

— Os Mamonas? — ela me olhou torto, como quem lista mentalmente 200 outros músicos mais típicos da cidade, e mais refinados: Rita Lee, Titãs, Ira!, Itamar Assumpção, pra não falar do Adoniran.

Claro que àquela altura do campeonato eu não queria discutir o mérito musical dos Mamonas, pensava apenas em chegar logo ao *shopping center*, destino final do ônibus. Mas como a Marginal estava parada nos dois sentidos e só quem avançava era mesmo o rio, alheio às buzinas e à cantoria, eu resolvi insistir na conversa:

— Pela sua cara, você está pensando no Adoniran!

— Pensando na Dona Irã? Quem que é essa?

— Adoniran! — repeti mais alto ainda.

— É a babá? Ela chama Irã?

— Adoniran Barbosa! — esgoelei, e comecei a cantarolar. — "Moro em Jaçanã, se eu perder esse trem, que sai agora às onze horas..."

Pronto: era a deixa que a turma do fundo estava esperando. Depois de meia hora, o repertório deles já estava ficando escasso, então não perderam tempo: emendaram o "Trem das onze" junto comigo.

Minha mulher deu uma gargalhada e perguntou se eu queria ir lá pro fundo fazer coro com eles. Mas a turma se encarregou de mudar o assunto:

– Ô, motorista, minha mãe não dorme enquanto eu não chegar!

– Sou filho único, tenho minha casa pra morar!

– Eu não posso ficar nem mais um minuto nesse engarrafamento...

O motorista deu um suspiro comprido e, apontando pro trânsito, respondeu amuado:

– Tá tudo parado!

Ao que alguém lá do fundo replicou:

– "Sinto muito, amor, mas não pode ser..."

As gargalhadas se espalharam pelo ônibus, cada um da turma do hipermercado tentando lembrar um verso da música que se encaixasse na situação.

E eu, ali na frente, só conseguia pensar naqueles chavões todos sobre o povo brasileiro: como a gente é bem-humorado, como a gente é cordial, como conseguimos rir de tudo, até de um engarrafamento gigantesco como aquele. E como São Paulo é a mais completa tradução desse tal povo brasileiro. E como os chavões têm sempre um fundo de verdade.

Um bom nome

ou

Pinacoteca e Filatelia

Dia desses me contaram uma ótima piada, que eu não ouvia há muitos anos.

O japonês chegou todo feliz para batizar seu filho, no Brasil, mas não sabia que nome ia escolher.

– Que tal Pedro?

O japonês não gostou.

– Que tal Paulo?

Também não.

Aí o escrivão pensou, pensou e falou:

– Eu sugiro...

– Sugiro é um bom nome! – gritou o japonês.

• • •

Mas o leitor não fique aí, rindo dos japoneses, porque nós, brasileiros, temos nomes muito mais malucos do que esse da piada. *O guia dos curiosos*, por exemplo, garante que já existiram coisas do tipo Açafrão Fagundes, Errata de Campos,

Restos Mortais de Catarina e Um Dois Três de Oliveira Quatro. Acredito que o Marcelo Duarte, organizador do Guia, tenha conferido um por um.

O pior é que sempre aparece um gaiato querendo ser mais realista do que o rei (ou mais cartorial do que o cartório) e inventa que conheceu duas gêmeas chamadas Pinacoteca e Filatelia, ou trigêmeas chamadas Naída, Navinda e Navolta Pereira. Como não é fácil verificar a autenticidade desse tipo de coisa, muitos desses "causos" acabam se espalhando por aí. Viram lendas urbanas. Semana passada minha irmã me veio com a história de que tinha consulta marcada com um tal Doutor Bula, e eu tive quase certeza de que ela estava fazendo hora com a minha cara.

Mas eu, Leo Cunha, juro por Deus que tenho tios chamados Almáquio, Euzápia e Castorina Alice, irmãos do meu pai Eunápio.

É difícil, mas não impossível, explicar o que leva um pai (ou uma mãe) a fazer uma crueldade dessas com um bebê indefeso. Imagine a cena na maternidade: "olha, que neném mais fofinho, vamos dar o nome de Eunápio?".

Talvez o motivo seja uma homenagem torta ou uma promessa extraordinária, como aconteceu com um ex-aluno meu, chamado Ruleandson. É isso mesmo, eu não digitei errado não. O Ru, como ele gosta de ser chamado, explica, morrendo de rir, que a mãe dele quis reunir os dois lados da família, que estavam "de mal". Por isso, misturou os nomes André, do lado do pai, e Hudson, do lado da mãe. Daí o "Andson". E o "Rule" no começo?, pergunta o leitor muito atento. Pois então: a mãe do Ru aproveitou pra fazer uma homenagem ao seu cantor favorito, o Julio Iglesias. O popular "Rúlio". Resultado da brincadeira: Rúlio + André + Hudson = Ruleandson.

O nome estapafúrdio (mais do que a própria palavra "estapafúrdio") pode ser também o resultado de um escrivão analfabeto. Nosso grande humorista Millôr Fernandes conta que iria se chamar Milton, mas na hora do registro o escrivão cortou o T em cima do O e criou a confusão.

Eu mesmo, por muito pouco, escapei de me chamar João Quintiliano, juntando o nome dos meus dois avós. E minha irmã quase foi Olívia Justina. Seguindo a mesma lógica, meu filho André, que acabou de nascer, teria que se chamar José Eunápio. Agora imagine só, um molequinho esperto, em pleno século XXI, tendo que responder à chamada:

– José Eunápio?

– Presente!

Presente de grego, isso sim!

Raios!
Raios duplos!

ou

Muttley, faça alguma coisa!

Ontem, na volta pra casa, eu peguei um engarrafamento daqueles e fiquei ali de bobeira no volante, espiando os pedestres. De repente, apareceu um ciclista todo uniformizado, de luva, capacete e tudo, e atrás dele uns vinte repórteres e fotógrafos da imprensa.

O que que esse cara aprontou? Fiquei imaginando. Será que atropelou alguém? Assaltou? Salvou alguém de um assalto? Ou vai ver é outra coisa: pode ser alguém famoso. Olhei bem pra cara do sujeito, mas ele não me lembrou nenhuma celebridade antiga nem instantânea...

Resolvi abrir o vidro e chamei um dos jornalistas.

— Quem é esse cara da bicicleta?

— Ele acabou de vencer o desafio intermodal.

— Desafio o quê???

Eu devo ter feito uma cara de burro muito grande, cara de toupeira criada. Porque o repórter se apressou em me explicar o que vinha a ser o tal desafio intermodal.

Olha só que troço interessante esse desafio: eles pegam cinco sujeitos e os põem pra fazer um determinado percurso dentro da cidade. Um vai de carro, um de ônibus, um de moto, um de bicicleta e o último a pé. O primeiro que chegar ao destino combinado é declarado o vencedor.

Mal o repórter acabou de me explicar, eu comecei a rir. Devia haver algum engano ali. Claro que o sujeito de carro chegaria primeiro, ora!

— Aí é que você se engana — explicou o repórter com um sorriso superior. — Não só aqui, mas também em São Paulo, Rio de Janeiro, Florianópolis, em todos os lugares onde já fizeram o tal desafio intermodal, o ciclista ganha todas. Ou quase todas. Em Curitiba, a bicicleta demorou 17 minutos e o carro levou uma hora!

Nisso já tinham se passado uns 10 minutos e meu carro não andara nem 10 metros.

— É bem possível, mesmo... — resmunguei. — A que nível chegou o nosso trânsito!

Só não entrei em depressão porque, assim que eu cheguei em casa, li na internet a notícia de um outro desafio intermodal, muito mais impressionante. Olha só que história incrível: uma empresa da África do Sul amarrou um cartão de memória de 4 Gb na perna de um pombo-correio e mandou o bichinho da sede até a filial, que fica a 80 quilômetros de distância. No instante em que o pombo partiu, a empresa enviou um *e-mail* com os mesmos 4 Gb para a filial.

O resultado? Quando o pombo chegou com o cartão, somente 4% do *e-mail* tinha sido baixado no computador da filial. Que humilhação! A notícia do portal Terra terminava assim: "O pombo Winston pode ter sido vitorioso nesta corrida, mas os provedores da internet já estão desafiando o pombo para uma revanche".

Pelo jeito, os provedores africanos devem estar furiosos, gritando "Raios! Raios duplos!", feito o Dick Vigarista berrava pro Muttley, naquele desenho animado, quando não conseguia capturar o pombo.

Enquanto isso, nas metrópoles brasileiras, não adianta ninguém pedir revanche pro ciclista, não. Mais rápido que ele, só mesmo helicóptero. Ou pombo-correio. "Muttley, faça alguma coisa!"

Cheio de dedos

ou

Cada um com sua miopia

Outro dia eu estava participando de um evento literário e dividi um táxi com a escritora Elizete Lisboa, que é deficiente visual e publicou vários livros infantis com os textos em braile.

Pois bem, naquela de puxar assunto, eu comentei com ela:

— Este semestre, na faculdade, eu tenho um aluno que é deficiente visual.

Ela, que é muito sorridente, me perguntou simpática:

— É mesmo, Leo! E qual é a deficiência dele!

— Ele não enxerga nada – expliquei.

Percebi ela respirando fundo, juntando fôlego e talvez um bocado de paciência, antes de me responder, já com seu habitual sorriso:

— Então ele não é deficiente visual. Ele é cego, como eu.

Engoli em seco e percebi que tinha falado asneira. Na tentativa de ser educado, polido, cuidadoso, sei lá mais o quê, eu tinha caído na armadilha do tal politicamente correto. Essa mania da gente de falar com eufemismos, com termos rebuscados ou enviesados, certas coisas que podem ser ditas de forma muito mais simples, direta e sincera.

Em vez de cego, é o tal do deficiente visual. Em vez de velho ou idoso, é a tal terceira idade, ou pior, melhor idade. Outro dia vi uma empresa que não tinha Departamento de Recursos Humanos, mas sim Departamento de Seres Humanos, alegando que "gente não pode ser recurso". Eu morri de rir da frescura desta empresa, mas quem disse que não fiz igual, ou pior, com a Elizete!

Nestas horas, parece que a gente fica cheio de dedos e vazio de olhar. Mas a partir de agora eu juro que já aprendi: deficiente visual sou eu, com meus sete graus de miopia em cada olho! Quer ver só? Eu vou tirar os óculos e aposto que não enxergo nem as teclas deste vompytacor.

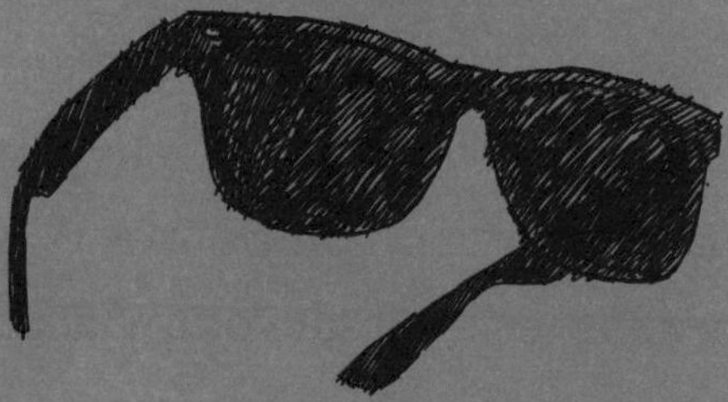

Sylvia viaja e não sai de nossa casa...

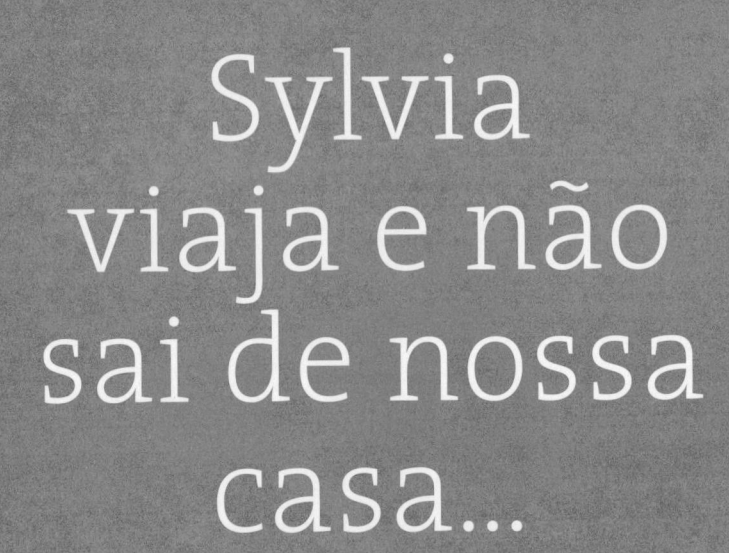

ou

A Fada Fofa

Esta semana as crianças voltam mais pobres das férias. Morreu Sylvia Orthof.

– Sylvia Orthof? – alguém vai perguntar. – Quem é essa mesmo?

Tantas vezes a gente não guarda o nome do autor dos livros que a gente lê.

– É aquela que escreveu *Os bichos que tive* – uma menina vai responder.

– E também *Se as coisas fossem mães* e *O cavalo transparente* – um menino vai emendar.

– E *Maria vai com as outras*.

– E *A velhota cambalhota*.

E mais essa, e aquela! Em pouco tempo, as crianças vão recordar, umas às outras, cada um dos cento e tantos livros que a Sylvia escreveu pra elas.

As que não se lembrarem de nenhum título (e isso acontece, não é?) vão se pegar, aqui e ali, lembrando algum personagem da Sylvia. Talvez Uxa, a bruxa que se esforçava pra fazer fadices. Quem sabe o galo, que teimava em cantar em plena Copacabana. Ou o computador que engoliu um refrigerante e resolveu reescrever as histórias. A Fada Fofa com seu manual de boas maneiras. A Vaca Mimosa soltando pum e horrorizando os pedagogos mais caretas.

Mas mesmo as crianças que não se lembrarem de nenhum personagem orthófico, mesmo essas vão se descobrir, de repente, mais cedo ou mais tarde, sob o efeito do *nonsense* revolucionário da Sylvia, de sua poesia afiada, de suas malucas fantasias, sua paixão pela vida e pelas pessoas.

A obra da Sylvia Orthof tem esse encantamento porque ela era assim: subversiva, hilariante, autêntica. Vivia no cotidiano o deslumbramento com as pequenas belezas da vida e tirava dali sua graça. Aliás, como ninguém, atraía situações engraçadas. Em meados da década de 1970, ainda ilustre desconhecida, recebeu um telefonema inesperado:

— Senhora Sylvia Orthof, estou ligando para informar que a senhora ganhou o primeiro prêmio...

Sylvia nem deixou a mulher terminar. Saiu pulando pela casa e gritando pro marido:

— Tato, eu ganhei o primeiro prêmio da loteria! Estamos milionários!

Depois de muita festa, parou pra pensar:

— Mas espera aí, Tato! Como é que eu ganhei o primeiro prêmio, se nunca comprei bilhete nenhum?

Pegou o telefone e já ia passando um esculacho, quando, do outro lado, a voz respondeu:

– A senhora não entendeu. Aqui é a Ana Maria Machado e a senhora ganhou foi o Primeiro Prêmio de Teatro Infantil do Paraná!

Casos assim aconteciam todo dia com a Sylvia, a imaginação puxando o humor, o humor alimentando a imaginação. E quase sempre viravam livro.

Esta semana, as crianças de todo o Brasil vão acordar mais pobres. Sylvia Orthof não está mais aqui pra inventar maluquices. Mas calma lá, molecada! Que tristeza que nada! Vocês têm aí mais de cem livros da Sylvia, para ler e reler. Vocês ganharam o primeiro prêmio, estão milionários! E nem precisaram jogar.

PS: Crônica escrita na semana da morte de Sylvia Orthof, em julho de 1997.

Escrever é uma aventura?

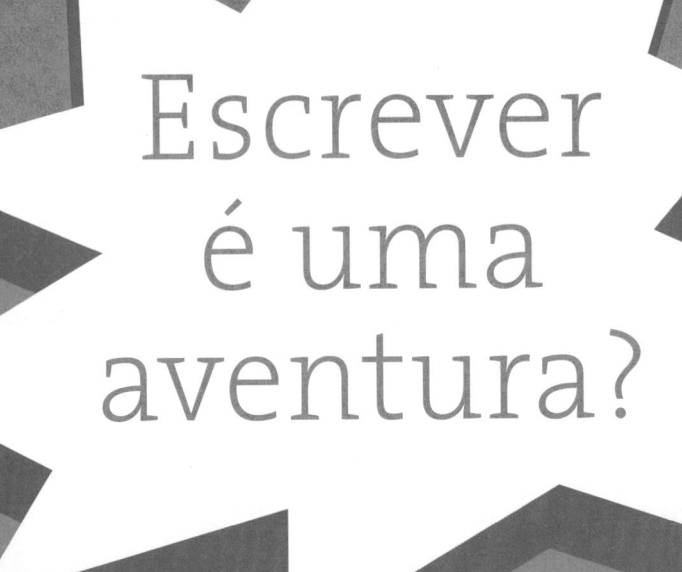

ou

Amigo do Ziraldo

—O senhor já fez algum livro contando a sua vida? – perguntou o menino, mal eu tinha entrado na sala.

Eu estava visitando uma escola cujos alunos tinham lido alguns livros meus.

– Como assim, a minha vida? – devolvi a pergunta.
– Sua vida de verdade, sem inventar nada – ele explicou.
– Tipo uma autobiografia? – eu quis saber.
– Alto o quê? – ele não entendeu.
– Você quer saber se eu já fiz um livro de memórias?
– Isso mesmo!
– Não, nunca fiz. Nunca quis.
– Por que não? – ele fez uma careta, como se não entendesse como é que alguém pode não querer fazer um livro de memórias.
– Sei lá, acho que a minha vida é bem comum, não tem tanta graça quanto a vida dos meus personagens inventados.
– Ah, sei... que pena!

O garoto não conseguia disfarçar a frustração. Achei que era melhor eu desenvolver um pouco mais o meu raciocínio.

– Sabe o que é? Se a minha vida fosse cheia de aventuras e emoções, com certeza daria um livro de memórias.

Os olhos dele brilharam. Tinha acabado de ter uma grande ideia, uma grande revelação.

– É, mas aí o senhor ia ser aventureiro, não ia ser escritor...

...

Na vida de um escritor as aventuras são bem diferentes. É o que eu devia ter dito àquele menino. Pena que ali, na hora, essa frase não me veio à cabeça.

Uma das aventuras mais divertidas, pra nós, escritores, é justamente ir nas escolas pra conversar com a meninada que leu nossos livros. Um mineiro muito conhecido já cantou e disse: "Todo artista tem que ir aonde o povo está".

Pra mim essas visitas às escolas são uma oportunidade rara de ver, nos olhos da meninada, o efeito de meu livro. Ouvir, de suas bocas, as emoções, inquietações, dúvidas que foram provocadas pela minha história, ou meu poema. Descobrir leituras curiosas, interpretações inesperadas. Conhecer os desdobramentos que a minha obra gerou, recriações, jogos, dramatizações.

E, de quebra, a gente ainda escuta as perguntas mais engraçadas e inesperadas do mundo: você é famoso? Seu carro é do ano? Você assina a *Playboy*? Você já comeu carne de jacaré? Você já foi no Faustão? Você é amigo do Ziraldo? Quando essas perguntas surgem no meio da conversa sobre os livros, ótimo, acho a maior graça e respondo com prazer.

Para a criança, é também uma boa chance de descobrir que o autor é um sujeito comum, vivo, de carne e osso, quase sempre de óculos, quase nunca de bengala. Mais do que isso, ouvir da boca do autor que ele também erra, tem dúvidas, às vezes não consegue terminar uma história, precisa reler o texto várias vezes, reescrever outras tantas. Se isso servir para apagar o mito do escritor excêntrico, iluminado, infalível, instantâneo, vitaminado, já valeu a viagem, valeu a aventura.

Quem é Leo Cunha

Em 2011 completei 20 anos de literatura infantojuvenil. Minha primeira história foi publicada em 1991 e, desde então, foram mais de 40 livros, sem contar todos os que eu traduzi. Vários deles foram premiados.

Em 2011 comemorei também 20 anos de jornalismo. Desde que me formei, na PUC-Minas, em 1991, já trabalhei em jornais, rádio, agências de comunicação e, desde 1997, sou professor de uma faculdade de Jornalismo.

No meio do caminho entre a Literatura e o Jornalismo, está a crônica, gênero no qual eu já escrevi quatro livros, como este *Ninguém me entende nessa casa!* e o *Manual de desculpas esfarrapadas* (também pela editora FTD).

Ah, antes que eu esqueça. Em 2011 concluí o meu doutorado em Cinema, que é outra das minhas paixões.

Quem é Rogério Soud

Nasci no Rio de Janeiro, vivo em São Paulo desde 1988.

Recebi os prêmios Abril de Jornalismo nas categorias Destaque e Melhor Desenho, e o Altamente Recomendável pela FNLIJ (Fundação Nacional do Livro Infantil e Juvenil).

Publico nos mercados editoriais nacional e internacional.

Nos EUA, fui indicado ao NAACP Image Award for Outstanding Literary Work-Children e ao Gold Medal recipient for Mom's Choice Awards.

Faço parte do Conselho diretor da SIB – Sociedade dos Ilustradores do Brasil – desde 2004.